大魔术师系列

谋杀之轮

[英] 汤姆·米德 著　　苏米梦 译

上海文化出版社

献给我的妈妈、爸爸

同样，谨以此书纪念那位大师

(1906—1977)

如果世人乐意受骗，那就让他们受骗吧。

——罗伯特·伯顿，《忧郁的解剖》（1621）

目录

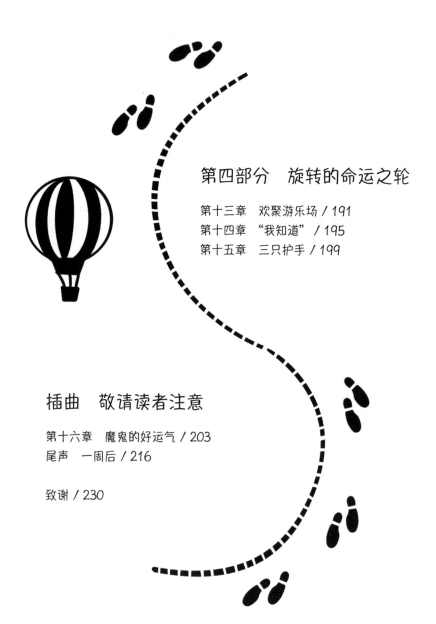

主要登场人物

石榴剧院

保利尼教授	魔术师
玛莎	魔术师的助手
西德尼·德雷珀	舞台监督
肯尼斯·法布里斯	后台人员
马克斯·图米	替身
阿尔夫	看门人
威尔·柯普	灯光师
安德鲁·摩根	记者
内德·温切斯特	擅长惹麻烦的人

其他

埃德蒙·艾布斯	律师
泰特斯·皮尔格里姆	罪犯
基根和布兰宁	皮尔格里姆的手下
卡拉·迪恩	寡妇
多米尼克·迪恩	银行经理（死者）
菲利克斯·德雷文	代理银行经理
莫蒂·凯什	出纳

米克洛斯·瓦尔加	游乐场职员
博伊德·雷米斯顿	可疑人员
乔治·弗林特	苏格兰场探长
杰罗姆·胡克	苏格兰场警官
约瑟夫·斯佩克特	职业魔术师

石 榴 剧 院

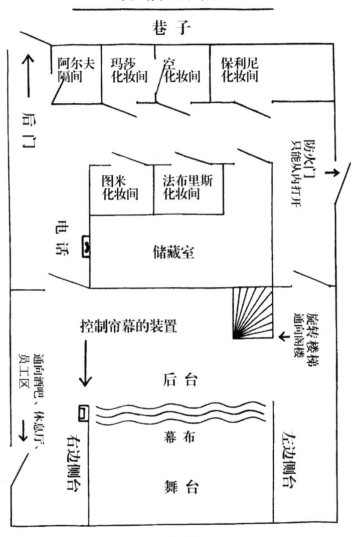

巷 子

阿尔夫隔间

玛莎化妆间

空化妆间

保利尼化妆间

后门

防火门 只能从内打开

图米化妆间

法布里斯化妆间

电话

储藏室

旋转楼梯 通向阁楼

控制帘幕的装置

后 台

通向酒吧、休息厅、员工区

幕 布

右边侧台

左边侧台

舞 台

观 众

第一部分
有人醒着

　　无论魔术大小，有件事务必牢记：观众就在你面前，设法吸引他们。

——《操纵大师·深思熟虑》

　　表演魔术时不能有一丝侥幸心理，任何有助于增强错觉效果的细节都必须经过精心设计和思考。

——大卫·德文特

第一章　"你能破解摩天轮谋杀案吗？"

　　一切都始于那本书，如果没有那本书，之后的事都不会发生。至少，事后艾布斯是这么告诉自己的。但说实话，所有骇人听闻的事件——案件的每个方面——结合得如此巧妙，就像一场把时机把握做到极致的魔术。迅捷的手欺骗了眼睛。但与此同时，它们又十分疯狂离奇，就像那种既清醒又错乱的梦魇。

　　艾布斯并不相信魔法。然而，那天晚上在石榴剧院上演的恐怖血腥闹剧过于完美，仿佛策划和执行者是个会隐形的恶棍，一个骗术大师，屡次嘲笑他的不幸。

　　那天是 1938 年 9 月 16 日，星期五，老天爷对埃德蒙·艾布斯开了个恶毒的玩笑。

　　但故事要从那本书说起。

　　那天的开头还算不错：有人敲响了他住处的门。他租的房子位于法院街的一栋楼里，那里离伦敦市中心的律师学院不远。虽然他还不到三十岁，但他在去年夏天完成了法律课程，现在已经是一名合格的事务律师。像所有新手一样，他是同事们挖苦的对象；每天要处理堆积如山的文书，应付单调乏味的行政工作。他却并没有因此而烦恼。事实上，他认为这是律师的必经之路。毫无疑问，那些同事也是这样走过新手时期的，现在轮到他了。

　　门口站着老门房兰卡斯特，身材敦实、不苟言笑，像一大杯吉尼斯黑啤酒。他手里拿着一个邮包。

"早上好，艾布斯先生。"

"你好，兰卡斯特。有东西要给我吗？"

"应该是书，先生。"

艾布斯接过包裹，感受到了手里的重量。他愉快地说了声再见，把门一关就迅速拆掉了包装。没等包装纸的碎片落到地板上，他已经在窗前研究起那本书来。凸出的书名十分醒目：操纵大师。

他似乎感觉到这本书所具有的那种护身符般的力量，像电流一样传入指尖，沿着他的手臂游走。只是一本书而已，他提醒自己，只是纸上的文字。他实际经历的是肾上腺素激增，一阵强烈的兴奋和期待。

艾布斯第一次听说《操纵大师》时就打定主意要拥有一本。该书不属于普通书商会采购的类别，但他在马里波恩认识一个擅长寻找冷僻书籍的朋友，非常乐意在书出版后的第二天帮他弄一本。

虽然埃德蒙·艾布斯的职业是律师，但他也是一名热情的业余魔术师。或者，用个更恰当的词：幻术师。当他在伦敦超自然公会（这个团体对外行出奇欢迎）的聚会上第一次听到人们谈论这本书时，就像祈祷得到了回应。毫无疑问，专业魔术师会极端愤慨。但对艾布斯这样的半吊子来说，《操纵大师》是他们梦寐以求的书。

魔术师的生死取决于其幻术的力量。拉开帷幕，揭晓舞台魔术背后的运作流程，大多数魔术师永远不会冒这个风险。这是业内的潜规则。但艾布斯只是一个好奇的门外汉，对他来说，这本书的出现（原定由一家口碑欠佳的二级出版社出版）堪称奇迹。一本囊括魔术之谜的书，能让舞台上的神秘现象全都烟消云散！

这本书的作者用了一个拙劣的笔名，是经常在《笨拙》杂志①上出现的那种名字：安妮·L.苏拉扎尔博士。从知道这本书的存在起，艾布斯就开始思索这个坏女人究竟是谁。他花了很长时间才发现"安妮·L.苏拉扎尔博士"是"拉扎勒斯·伦纳德"的倒写②。但如果不知道拉扎勒斯·伦纳德是谁就无济于事。说不定，他是某个内部知情人士。

艾布斯看了看壁炉台上的时钟，确定他有时间先认真阅读第一章——标题很诱人，叫作"无中生有的纸牌"——再走进九月阴冷潮湿的清晨。他打开一个书桌抽屉，拿出他那副旧旧的单车扑克③，完成一次鸽尾式洗牌（有点乱，但总体还好）。在这之后，他开始把注意力集中在书上。

卷首印着一幅精致的钢笔画，画的是一个长得像恶魔的男人（留着山羊胡和鬈曲的八字胡）。他是"醋杯"④的成员，这个名字属于历史上最早被记录的魔术师群体，古罗马的杯球魔术专家们。兴奋过头的艾布斯没有在意这幅画，但只要仔细观察，他就能知道杯球魔术的所有秘密。如你所见，画中的魔术师用右手的食指和拇指夹着球，把它展示给观众。但仔细看，你会在这个家伙的眼睛里发现第二个球的倒影，这个球藏在观众看不见的左手拇指和手掌之间，这就是被称为"天海隐藏法"的魔术手法。《操纵大师》就是这样一本书：如果你会看，所有答案都在那里。

---

① 《笨拙》（*Punch*），创办于 1841 年的英国老牌幽默杂志。（本书无特别说明的脚注都为编者注）

② Dr. Anne L. Surazal 是 Lazarus Lennard 的倒写。

③ 美国纸牌品牌，是纸牌魔术师最常用的纸牌之一。

④ 原文 Acetabularii，源于 Acetabulum，在拉丁语中最早用于表示盛醋的小杯子，即文中所说的古罗马时期魔术师们在杯球魔术中所用的杯子。

"魔术的艺术在于，"他读道，"对知觉的操纵。大多数人都会看向你想让他们看的地方，你要做的就是引导。只要让他们把注意力集中到正确的方向上，他们就永远不会看到你正在耍的花招。"

这些内容根本算不上惊天动地，但那天早晨足以让艾布斯看得入迷，以至于差点上班迟到。他一边吃着早餐的粥和烤面包片，一边飞速读完了前几章，最后不得不迈着沉重的步子出门，去挣这一天的工资。工作上的麻烦事亟待解决，但可以肯定地说，那天早晨在去霍洛威监狱的路上，他满脑子都是魔术。

虽然艾布斯很不愿把书留在住处，但他告诉自己，如果把书带出去弄丢了或者在赶早高峰的人群中把它掉进水坑，那就更糟了。他在街角的报摊买了一份报纸作为替代读物，然后上了公共汽车。他一回家就能看到放在床头的《操纵大师》。

他很难把注意力集中在那些讽刺张伯伦飞往贝希特斯加登等诸如此类抽象政治问题的新闻标题上。唯一让他产生兴趣的是《纪事报》的悬赏广告：

你能破解摩天轮谋杀案吗？
《每日纪事报》悬赏**两千英镑**，
论证**不可能**的摩天轮犯罪！

他折起报纸夹在腋下，叹了口气。至少媒体站在他这一边，至少在《纪事报》看来她是无辜的。但是舆论和法庭是两码事。

公共汽车缓缓驶往帕克赫斯特路，他的注意力被坐在对面的一个五六岁的小男孩吸引住了。小伙子看上去很难受，垂头丧气地抓着母亲的裙子。艾布斯从口袋里掏出一金镑①。公共汽车颠簸着在车流中穿梭，他小心翼翼地把硬币从一个指节转到另一个指节上，炫耀双手的熟练和灵巧。

男孩看了一会儿，面无笑容，表情极其严肃。艾布斯把硬币放在手掌上，攥紧了，然后并排举起两个紧握的拳头，期待地看着男孩。经过一番认真思考，男孩指向右手，也就是原本拿硬币的那只手。艾布斯摊开右手，掌心是空的。硬币已经逃到了另一只手上。

男孩的表情没有变化，但艾布斯坚信在他眼中看到了热情。他把这当作鼓励，继续表演，反复将硬币从一只手转移到另一只手。其实，这是一个非常简单的障眼法，与杯球魔术的原理相似。只需要准备另一枚不为观众所知的硬币，把它藏在没在展示技巧的那只手的指缝里。他在镜子前练习了无数个小时，目不转睛地看着镜中的自己，不放过任何暴露第二枚硬币的蛛丝马迹。如果他看不见，观众肯定也看不见。

接下来是表演的高潮：艾布斯摊开双手，表示两手空空。然后他击了一次掌，声音大得吵醒了旁边打鼾的女人。男孩困惑地看着他，东张西望起来，想看看自己是否错过了什么。就在他这么做的时候，硬币从他的小脑袋瓜上掉落。艾布斯伸出一只脚，用鞋面接住了硬币。

"这是你的。"他说。男孩俯身捡了金币，高高举起，就像海盗拿着战利品。然后他把金币塞进短裤口袋，继续抓着他妈妈的裙子玩。

下一站便是艾布斯的目的地。他下了车，精神抖擞地沿着帕克

---

① 旧时英国面值一英镑的金币。

赫斯特路大步走向霍洛威监狱的木头大门。

从外面看，霍洛威监狱是一座红砖宫殿——巍然屹立，占地面积巨大，但都被森严的高墙和铁丝网所包围。进大门时有一个狱警向他敬礼，艾布斯不确定该如何回应，于是也敬了个礼。在朝双扇门走去的一路上，他都在批评自己刚才的反应——他应该不屑地看那家伙一眼，然后把头转开，这才是一个人赢得尊重的方式。

一个穿着警服、年纪较长的男子在正门处等着。"艾布斯？"

"是我，长官。"

"很好，我是马修斯狱长，"他们握了握手，"我知道，你是来见'当红女明星'的。"

"卡拉·迪恩。"

"就是她，让我们忙得不可开交。"

"那么，她是个会惹麻烦的犯人吗？"

"一点也不。她像老鼠一样安静，沉默寡言，经常读《圣经》。但是人们对她很好奇。很多时候，我不得不亲自阻止一些试图偷溜进来的记者，他们都想抢先采访她。他们尝试各种伪装，有时显得很滑稽。"

"偷偷溜进监狱，听起来真是反常。"艾布斯说。

马修斯大笑起来。"可不是嘛。"

两人大步走过一条条冷清的走廊，它们让艾布斯想起了以前的寄宿学校。两个地方都刻意避免装饰，那是一种心理武器。

"你之前见过迪恩夫人，是吗？"

"在她被警方拘留期间见过一次。但那次塞西尔爵士也在，由他主导对谈。"

"我明白了。现在他们信任你，认为你可以单独跟她谈话？"

"哦，说实话，我们人手紧张。"艾布斯受派协助著名的御用大律师塞西尔·布利万特爵士，后者将代表辩方出庭。在这个时候，布利万特却患上了急性抽动症，他的私人医生要求他卧床休养。这让艾布斯在卡拉·迪恩一案中多了很多工作。目前，提交给法官贾尔斯·德鲁里爵士的案件材料还远未达到滴水不漏的程度。

狱长微笑着说："那么，祝你好运。"

这是什么意思？

不可否认，这个案子引起了轰动。舰队街①将这起新闻命名为"摩天轮谋杀案"，这的确是对其标志性特征的有效总结，却没有传达出渗透整个案件的那种近乎超自然的神秘感。两个人上了摩天轮，只有一个人活着下来。

艾布斯见过卡拉·迪恩，但上次会面的时间太短了，至少不足以留下关于她的深刻印象。看报纸上的照片，她是一个充满智慧和活力的年轻女子，脸上的神采似乎能透过报纸焕发出来。监狱里的她仿佛一下老了几十岁，眼角和嘴角有浅浅的皱纹，头发也很乱。很难相信这个女人还不到三十岁。她穿着一条不合身的灰色连衣裙，看起来像是用粗麻布做的。钢琴家纤细的双手交叉着放在腿上，她耐心地坐着，等待艾布斯开口。她的目光很深邃，这代表其中包含的很多东西他无法完全理解，就像凝视着两道深不可测的裂缝。和案件中的很多情况一样，这也是他在事后试图还原卡拉·迪恩的形象时才发现的。但是在那一刻，当他们在牢房里面对面时，他在她面前只感到自己的无力和不称职。

---

① Fleet Street，伦敦著名街道，曾经是伦敦的报业中心，因此也是英国媒体的代名词。

她像杀人犯吗？这是一个迟早需要认真研究的问题。毫无疑问，她像猫一样挺直地坐在床边的姿势，以及她紧绷的状态，都值得注意。还有她的安静，那种安静一定意味着什么。

"早上好，迪恩夫人。"

"早上好，艾布斯先生。再次见到你真好。"听她说话，你可能会以为她是一位上流社会的女主人。她的声音又轻又柔，让人愿意聆听。但是她的脸上没有表情。

"希望你不介意我直接进入正题。今天我有很多事情要处理。"

"一点也不介意，请坐。"

艾布斯坐在床边冰冷的木椅上。迪恩夫人仍然坐在床垫上。她瘦了很多。

"如果你不介意，我想让你重复一遍你已经讲过很多次的故事，也就是你的丈夫在8月19日晚上经历的事情，可以吗？"

她点了点头："我会尽我所能的。"

"很好，请开始。"他手里拿着笔记本和笔。他的目的是找出叙述中的矛盾之处。当然，他已经对案情了如指掌，但就像魔术一样，关键在于重复。一些细微差别和特质都是在一次次重复中浮出水面的。

"那天他带我去游乐场，本来是为我准备的惊喜。他给我买了棉花糖，我们一起跳舞，玩得很开心。"

"你是什么时候到那儿的？"

"我想是六点钟。我丈夫要工作。"她眨了眨眼睛，但显然该流的眼泪都已经流过了。

"在游乐场里，你有没有遇到熟人或你认识的人？"

"当然有。当时那里有很多跟我们住在同一条街上的人。"

"你有没有注意到任何特别或不同寻常的人或事？"

"嗯，这很难说。那个地方到处都是小丑、玩杂耍的人和魔术师。"

"在这些表演者中，有没有你认识的人？"

"没有。"

"那你丈夫呢？"

她停顿了一下，考虑着要如何回答。"他当时总是回头看，就好像有人在跟踪他。"

"真的有人跟踪他吗？"

"可能有吧。我当时并没有这么想，但是后来……我开始说服自己有这样一个人。有一个跛脚的男人，当我们绕着游乐场走的时候，我瞥了他一两眼……"

"我们暂时把注意力集中在一些事实上。你丈夫有携带手枪出门的习惯吗？"

这是第一个难题。艾布斯想看看她的反应。迪恩夫人似乎能沉着应对。她的脸上闪过一丝专注，然后回答道："没有。"

"你是怎么知道的？"

"我想我应该知道，不是吗？我丈夫确实有一把枪，是一把很难看的灰色左轮手枪，我对它毫无兴趣。但如果你觉得我可信的话，我可以很肯定地告诉你，它从未出过家门，只是用来自卫的，比如有人入室抢劫时。他没有理由带枪去露天游乐场。"

"啊，是的……"艾布斯把笔记本翻过几页，"一把纳甘 M1895，我想这是俄国武器？"

她耸了耸肩。

"他是怎么弄到的？"

"我不知道。"

艾布斯换了一个问题："你似乎认为他那天晚上被跟踪了。这样的话，他带一把枪防身难道不合理吗？你怎么能确定他那时没带武器呢？"

她叹了口气，显然厌倦了重复。"因为那天晚上有点冷，他把他的夹克给了我。你知道，他把衣服披在我的肩上，他是个有骑士精神的人。如果他身上有手枪，我应该能看到。如果枪放在他的夹克里，我也应该能感觉到。"

"那裤子呢？他可能把枪塞在裤腰里，或者藏在口袋里？"

"不，不。枪太大了，藏不进口袋。如果塞在裤腰里，肯定能看得见。"

"那他的脚踝呢？"

"你是说藏在袜子里？不，同样，那很容易看出来。我丈夫穿着亚麻布的西装，所以左轮手枪无论藏在什么地方都能看得见轮廓。"

"那你呢，迪恩夫人？你带枪了吗？"

"不，我没有。我从骨子里憎恨枪。多米尼克觉得家里需要有一把枪，这让我非常恼火。"

"你带了一个手提包，对吗？"

"是的，但里面没有枪。我是肯定不会在手提包里装一把左轮手枪出门的。"

"我懂了。也许你最好告诉我那把手枪的来历。是什么促使你丈夫买下那把枪的？"

她叹了口气。"在银行那件事发生后，他就变得不正常了。他……整天魂不守舍，连自己的影子都害怕。他愚蠢地认为拥有一把枪能让自己更加安全。"

"但你不这么认为。"

"嗯，很明显，一个银行经理在办公桌里放一支上了膛的枪，这等于在预示迟早要出事。"

"他总是把枪上膛?"

"我不知道。"

"你见过他上膛吗?"

"从未见过。"

"那么你自己从来没有想过使用这把枪? 甚至看都不想看一眼?"

她耸耸肩："我为什么要那样做? 手枪一直放在他的书房里，子弹也是。我根本没有理由进去冒险。我对那把枪不感兴趣。"

"我明白了，"艾布斯草草记完几条笔记，然后抬头看着犯人，"你和你丈夫那晚都没有带武器。如果是这样的话，那把枪是从哪儿来的?"这是关键问题，是被告和原告都需要回答的问题。

"我不知道，"卡拉·迪恩说，"我听到枪落在地板上的声音，然后它就到了我的手里……"

"我们按时间顺序来。你是什么时候上摩天轮的?"

"大约9点，但是我不太确定。"

"坐摩天轮是谁的提议?"

"多米尼克的。他一直很喜欢摩天轮。"

"你不喜欢吗?"

"不是，我对大多数事情都乐意尝试。"

"但不包括开枪，"艾布斯没有抬头观察她的表情，"他对你都说过什么? 请尽可能详细地告诉我。"

"只是寻常夫妻都会聊的琐事。我们为家庭财务状况斗嘴，制订了一些计划。我真的记不清细节了，都是些心不在焉时的闲聊。当然，我当时并不知道那会是我和丈夫最后一次谈话。"

"他遇到了金钱方面的问题吗？"

她回答得很谨慎："他花钱太大方了。我经常提醒他要勒紧裤腰带过日子，但他从来不听。"

"我明白了。现在请准确地告诉我。你们上了摩天轮，客舱内只有你们两个人？"

"是的，就我们两个。"

"谁买的票？"

"多米尼克。如果你要坐摩天轮，你必须经过一个小售票亭。多米尼克停下来买了票。他和售票亭里的人说了几句话，但我没看见那是谁，我没注意。"

"然后你们就登上了客舱？"

"是的。"她渐渐沉默了，目光飘向牢房的铁窗。

"那么，"艾布斯提示道，"接下来呢？"

"上面非常冷，我把他的夹克裹得更紧了。他在没完没了地说第二天要做的事。"

"说了些什么？"

"我不记得了。我只记得那声枪响。我当时在看别处。我在往下看。我没看到枪是从哪儿冒出来的。"

"但你相信是你丈夫开的枪？"

"嗯，不然还能是谁呢？"

随着笔尖在笔记上游移，他问："只开了一枪吗？"

"是的，枪声产生了回响，但我仍然能判断出只开了一枪。然后就是枪掉在客舱地板上发出的响亮撞击声。可怜的多米尼克正捂着肚子哭喊。"

"你们当时在多高的地方？"

"我们在最高处，正开始往下转。"

"然后你做了什么？"

"我说'多米尼克，怎么了，出什么事了？'当然，这是个愚蠢的问题，我能看出发生了什么。他只是说'求求你，我受伤了'，唉，太可怜了，艾布斯先生。这一切让我心碎。所以，在下降过程中，我把头伸到客舱外边，大喊道：'救命，我丈夫受伤了。'"

"然后呢？"

"哦，自然有很多人听到了枪响。人群聚集起来，你推我搡。"

"再然后呢？"

"附近有一位医生，他没值班，碰巧和妻子来游乐场。他快速地检查了我丈夫的伤势，当然，他无能为力。于是我们叫了救护车。我丈夫的腹部中枪了。"

"他很痛苦吗？"

"是的，非常痛苦。他没等到救护车来就死了。"

"也没来得及说发生了什么。"

"只是一些听不清楚的咕哝。"

"那么请问，迪恩夫人，"艾布斯把笔和本子放在一边，双手指尖相抵，"你认为你丈夫是怎么回事？"

"有人开枪打死了他，这一点我是知道的。但谁干的，我毫无头绪。"

"你丈夫的衣服和尸体上的火药灼烧痕迹表明，手枪的射击距离非常近。当时只有你们两个人在摩天轮的客舱里。枪上布满了你的指纹。"

"因为我从地上捡起了枪，"她抗议道，"那是本能的反应。我现在知道我不该那么做。"

"那把枪是你丈夫的。"

"别人也是这么告诉我的。但在我看来它们都一样。"

"几乎能确定，那把左轮手枪就是凶器。手枪开过火，而且弹巢内有两个空膛室——似乎你的丈夫留出了一个空膛室，以防误击。他一定是个谨慎的人。看起来，那天晚上他的确带着枪。"

"他没有，我敢肯定。"

"那么枪是从哪儿来的？"

她开始泄气了。现在就提出这些问题是很有效的，这样她就能知道在法庭上该如何应对。"我不知道它是从哪儿来的。"

"那么是谁开的枪？"

"我不知道，艾布斯先生！我真的不知道！"她很快就再次陷入沉默。她瘦削的肩膀随着每次激烈的呼吸上下起伏，她不再与他对视。这是在消磨两个人的耐心。

他停顿了一会儿，让翻涌的暴躁情绪平息下来。然后他说："会不会是那个跛脚的男人？"

她抬起头，像只受惊的松鼠。"嗯，我……"刚泛起的热情又消退了，"不，不可能。"

"为什么？"

"因为那个跛脚的男人根本没有上过摩天轮。"

"你怎么能确定呢？你说过，你自己本来没有注意到那个跛脚的男人。是你的丈夫在回头看，似乎很在意那个身份不明的家伙。"

"嗯……这么说的话……的确是，"她承认，"但我还是不明白他是怎么……"

"那不重要，"艾布斯模仿塞西尔爵士的诙谐腔调说，"重要的是有可能是他。我们不知道他是怎么做到的，但既然得出了这个结论，我就会尽我所能去弄清楚过程。"

"好。"她带着新下的决心说。

"很好。"就像魔术一样，在法庭判案的过程中，事实并不像观众以为的那么重要。如果除了卡拉·迪恩夫人以外，还有任何人能以某种方式——任何方式——在摩天轮上杀死她的丈夫，那么艾布斯就有责任去追查每一种可能的情况，不放过任何也许能帮这个年轻女人脱罪的细节。

"还有一个问题。"他有点腼腆地说。这是另一个难题，他不知道她会如何反应。

"请说吧。"

"你告诉我的都是实话吗，迪恩夫人?"

她的眉毛动了一下，但除此之外，脸上没有其他表情。"什么意思?"

"你告诉我——你在看别处，这时听到了枪声，看到了地板上的左轮手枪，然后你本能地捡起凶器。是真的吗?"

"是的，"她坚定地说，"再说，哪个女人会笨到在自己是唯一嫌疑人的情况下杀害自己的丈夫? 你不会认为我这么愚蠢吧?"

但你笨到去捡枪，艾布斯心想。"完全不会。但万一你真的杀了人，你最好对我实话实说。你知道，总有应对的办法。你只需要做到诚实。如果我的假设属实，我们可以以精神失常为由进行无罪抗辩。相信我，在精神病院待几年比上绞刑架要好得多。"

"我相信你，艾布斯先生。我不打算进精神病院或上绞刑架。

我是个无辜的女人，我相信陪审团也会这么认为。"

"好吧，"艾布斯拍拍大腿，站了起来，"我想我已经达到了来这儿的目的。"

"就这样吗？你不想再问一些有关我丈夫的事情了？"

"哦，我能看出来，你想说的都已经说了。你可以继续坐在床上读《圣经》。"

"不，请等等一等！我很抱歉，艾布斯先生，我不想让你认为我不感激你和塞西尔爵士的努力。但你必须理解，我已经讲了太多遍事发经过。我知道这些话听起来非常不可信。虽然里面不允许我看报，但我敢肯定，媒体正在尽情地取笑我。我之所以坚持我的说法，只有一个原因，"她尖锐地说，"因为它是事实。"

她的话很有说服力，但有说服力和诚实是两码事。即便是艾布斯这样的年轻新手也懂得这个道理。他仔细地观察着她，已经放弃了做笔记。"你的丈夫有自杀倾向吗？"

"你认为他是开枪自杀的？"

"除此之外，还能有其他解释吗？你没有开枪打死他，很好。没有其他人可以开枪打死他，很好。那么还剩下什么可能性呢？"

"我……"她似乎陷入了沉思，"我想他可能……"

这是一个刁钻的问题。自杀的可能性已经基本被排除了。人们不会朝自己的肚子开枪——这是一种邋遢、痛苦、漫长的死法。卡拉·迪恩却没有排除这种可能性……这就有趣了。

"如果他认为那个跛脚的男人在跟踪他，那么他有可能会带枪。"她继续说，好像试图说服自己，"但我就是无法想象多米尼克会让另一个人挨六颗子弹，这完全不像他会做的事。当然，就像我说过无数次的，那天晚上我们出去的时候，他没有带枪。"

没过多久，艾布斯就离开了。几乎没有什么可讨论的了。她已经勉强回答了几个最重要的问题，现在他需要把她的说法拼凑成一个完整的故事，提供给陪审团。

她是凶手吗？他说不准。事实上，探寻真相并不符合他的立场。他可以从她谨慎的谈吐——甚至是从她的情绪爆发中——看出来，她绝不是一个愚蠢的女人。如果她要谋杀她的丈夫，自然会想出一个不那么可笑的方法吧？

除非真的是一时冲动，这样的事情并不是没有听说过。但接着就是左轮手枪的问题——它是从哪儿冒出来的？如果是迪恩自己携带的，那他为什么带枪？如果带枪的人是卡拉，那不就表明她是有预谋的吗？此外，在可怜的书呆子气的中年银行经理多米尼克·迪恩的生活中，到底有什么能让凶手愤怒到对他起了杀心呢？

当艾布斯再次乘坐公共汽车时，他不再想着魔术。他在想迪恩夫妇彬彬有礼的外表下可能隐藏着的可怕秘密，以及那个跛脚的男人。

第二章　游乐场命案

说实话，当艾布斯在戈尔德斯格林①下车时，他像个孩子一样兴奋了起来。他下车的位置离迪恩的住宅不远，那是一座目前频繁上报的、整洁的联排别墅。然而那不是他的目的地。他现在正走向案发现场：露天游乐场。

戈尔德斯格林露天游乐场坐落在文明城市伦敦的外围郊区，占据一小块地，看起来与周围的环境格外不协调。游乐场里的娱乐设施还没启动和运转（晚些时候才会营业），但空气中还是弥漫着油炸面团和棉花糖的香气，令人愉悦。艾布斯大步走在旋转木马、大型滑梯和电动碰碰车之间干燥的泥土路上，这些无人的游乐设施在大白天里显得有些怪异和阴森。碰碰车并排停放，仿佛随时准备发动突袭。

艾布斯感觉有人在看他，原来是那些瞪大眼睛的黄铜旋转木马。当他经过时，一架华丽的大型游乐场风琴骤然作响，演奏起《哦，我喜欢待在海边》，吓了他一跳。

他放慢脚步，像被催眠了似的。这座游乐场竟然如此冷清？不，食物的气味和风琴的声音让他确信，一定有游乐场的工作人员在为晚上的营业做着准备。他朝游乐场远端巨大的摩天轮走去。此

---

① 伦敦地名。

刻，那座巨物处于静止状态，没有亮灯，不知为何更加令人望而生畏。他抬头看着那些一次能容纳两三个人的小型金属客舱，似乎风一吹它们就会左右摇摆。一阵不安在艾布斯的心中升起。在其中一个客舱里，多米尼克·迪恩被枪杀了，那里的地板上也许还留有他的血迹。

一个男人从射鸭子的摊位里走出来，他穿着花哨的格子西装，戴着淡蓝色的圆顶礼帽。他说话带有口音，艾布斯不确定他来自哪个欧洲国家。"你好？"

"你好，"艾布斯说，"我来调查迪恩的命案。"

"能说的我们已经都告诉媒体了，你可以去看新闻，没有可调查的东西了。"

"我的名字是埃德蒙·艾布斯，"年轻的律师坚持说，"我是一名律师，正在处理迪恩的案子。"

"你要为她辩护？"他靠近艾布斯问。他脖子上戴着一个银十字架，在阳光下闪闪发光。

"是的，我为辩方工作。"

"那么你想了解什么？"

"我想和多米尼克·迪恩被杀当晚在摩天轮售票亭工作的人谈谈。"

"好吧，他就在你面前。"

"真的吗？你叫什么名字，先生？"

"瓦尔加，米克洛斯·瓦尔加。"

"很好，瓦尔加先生。"艾布斯主动伸出手，瓦尔加警惕地握了握。此时，露面的游乐场工作人员多了几个，这个地方正在以非常缓慢的速度恢复活力。"我们能找个地方谈谈吗？"

"我喜欢在外面谈话。"他说。

"好吧。我的问题很简单。我想知道的是,在案发前的一个小时左右,这里是否发生过什么不寻常的事情。"

"比如?"

"你说呢?任何小骚乱。"

"没有。我们这里管得很严。"

"卡拉·迪恩声称她和她的丈夫大约在9点钟上了摩天轮,这是真的吗?"

"是的。"

"他们在摩天轮上的时候,有没有发生什么不寻常的事情,哪怕是微不足道的小事?"

瓦尔加想了一下,然后说:"这里的摩天轮有16个客舱。那天晚上案发时,他们转到了全程的一半,也就是第7、第8个客舱的位置。我听到枪声的时候,他们正好转到了摩天轮的顶端。"

"确定是枪声吗?"

瓦尔加面露困惑说:"嗯,当然是枪声了……"

"你是当时就这么认为吗?还是因为事后大家对此议论纷纷,你才以为自己听到了枪声?"

"嗯,你这么说的话,倒的确有可能是其他声音。毕竟这里是游乐场,你能听到各种各样的声音。"

"没错。后来呢?"

"哦,我看见迪恩夫人从客舱侧面伸出头,大喊着'救命,救命'。"

"好的,谢谢你,米克洛斯,你做得很好。现在,你能跟我说说地上那些人的情况吗?"

"可以。有一群人在排队等着坐摩天轮，基本上是年轻的情侣，还有孩子。"

"有比较特别的人吗？"

瓦尔加带着笑意说："哦，游乐场里从来不缺特立独行的人。你想到了谁？"

艾布斯决定冒个险。"比如一个跛脚的男人？"

瓦尔加的笑脸僵住了，他盯着艾布斯说："是的，有一个走路一瘸一拐的男人。他在附近溜达，帽檐拉得很低，遮住了脸。他没有排队等摩天轮，但他显然在等什么。"

"你觉得他是在等迪恩吗？"

"我不知道。"说话间，瓦尔加的肢体语言已有所变化，现在他双臂交叉，进入了戒备状态。

"你以前见过他吗？"

"没有。"

"你为什么没把这个情况告诉警察？"

瓦尔加耸着肩膀说："他们又没问。我想，命案发生后他朝反方向离开了。他是个跛子，我记得很清楚。"

"那之后你还见过他吗？"

"没有。"

"好吧。其他人呢，那些冲上去看迪恩的人？"

瓦尔加似乎放松了一点，双臂自然地垂在身体两侧。"嗯，有一个医生和他的妻子。那个男人叫……"瓦尔加想了一下，"兰瑟姆，兰瑟姆医生。他过去检查了迪恩的脉搏，就是他告诉我们迪恩已经死了。上帝啊，"瓦尔加握住他的十字架说，"我会为他祈祷的。"他仍然用一种怪异的眼神盯着艾布斯，似乎不确定是否可以完全信任他。

当艾布斯离开游乐场时，这个地方终于有了苏醒的迹象。风琴曲加快了节奏，旋转木马转了起来。当他转身离开时，他能感觉到背后米克洛斯·瓦尔加的目光。

快到午饭时间了。在霍洛威监狱和游乐场的调查花了他整整一个上午。艾布斯认为，现在正是避开病人，去找休·兰瑟姆医生谈话的合适时机。当然，那晚警察一到现场，兰瑟姆就接受了详细问询，但他没有提到跛脚的男人。如果情况依然如此，那就有趣了。

毫无疑问，那个跛脚的男人是一个线索。一个隐藏身份的跛脚男人，他好像在等什么人，枪声一响就消失了。

艾布斯从这天乘坐的第三辆公共汽车上下来，一边用口哨吹着风琴曲的调子，一边沿着街道走向兰瑟姆的诊所。大家都说，虽然兰瑟姆外表平庸（而且和艾布斯一样，是个小年轻），但他是个非常值得尊敬的医生。这个印象并没有被那间舒适却冷清的候诊室破坏。

等了大约五分钟后——在这期间，艾布斯点了一支烟，研究了壁纸上的佩斯利涡旋纹——医生从办公室里出来了。

"你好，"他自我介绍道，"我是休·兰瑟姆。"他们握了握手。他显然不比艾布斯年长，却自带一种超出年龄的长辈风范。

"兰瑟姆医生，我叫艾布斯。我是卡拉·迪恩夫人的律师。不知道你是否有时间回答一两个问题，是关于她已故的丈夫多米尼克的。"

"啊，那个坐摩天轮的家伙，真是太不幸了。嗯，我能告诉你的不多。我上前查看时，他已经因为腹部中弹奄奄一息。能借个火吗?"他从银色烟盒里抽出一支香烟。

"他在流血?"艾布斯边问边划着了一根火柴,帮他点烟。

"啊,是的,流了很多血,惨不忍睹。"

"你在现场的初步看法是什么? 你认为那个时候发生了什么事?"

"我不负责推测案情,那是警察的事,艾布斯。我所知道的——当时我所知道的——是一个男人被枪杀了。"

"他对你说什么了吗?"

"谁,迪恩吗? 什么都没有,他当时痛得要命。"

"那迪恩夫人呢?"

"哦,她歇斯底里地胡言乱语了几句。在警察来之前,我设法让她平静了下来。当然,等他们赶到的时候,迪恩早就死了。"

艾布斯想了想,然后点了点头。他意识到自己并不喜欢这位自信满满的兰瑟姆医生。"请问,你以前见过多米尼克·迪恩吗?"

"当然。我在银行见他几面。尽管如此,我必须说明,我从没给他看过病。"

"那你有没有注意到地上的人群里有谁比较奇怪? 有没有人看起来格格不入?"

兰瑟姆眯起眼睛,认真思考这个问题。似乎过于认真。"你是指那个跛脚的男人。"他抽了一大口烟。

"也许是吧。关于他,你知道些什么?"

"没什么。当尖叫声传来时,他朝另一个方向离开了。"

"他长什么样?"

医生突然转身走向门口。"对不起,艾布斯。我必须继续工作,不能一直在这里磨蹭。我的下一个病人在等着我。"

"等一下！"艾布斯说，"你主动提到了那个跛脚男人，难道没有什么要说的吗？"

兰瑟姆把烟头扔进了旁边的烟灰缸。"没有，没什么可说的。祝你生活愉快。"他为艾布斯打开门，准备送客。

"兰瑟姆医生……是不是已经有人跟你说过什么？"

"没有，"医生回答，"失陪了，艾布斯先生。"

"你有没有把你看到的情况告诉警察？"

医生看一眼自己的怀表。"我真的要工作了。"他又说了一遍，用毫不动摇的眼神盯着艾布斯。

艾布斯无可奈何，只好原路返回，穿过空荡荡的等候室离开了。瓦尔加和兰瑟姆都看见了那个跛脚的男人。

在诊所外，他停留了一两分钟，认真考虑着是否要回去继续纠缠固执的兰瑟姆医生。但是他知道，医生显然已经说完了他愿意说的。

艾布斯放眼看了看这个紧凑的小型社区。他现在离迪恩的家不太远——不幸发生后，房子处于空置状态——但他并不觉得有特意前去查看的必要。毫无疑问，那所房子也有自己的故事，但现在没有时间了。他看了看表，快下午两点了。他还要去赴下一场约。

他拐过街角，向银行走去，多米尼克·迪恩就是在那里赚了很多钱，然后挥金如土。和许多银行一样，此处也与教堂有点相似——白色大理石、柱子，仿佛在这里应该保持安静或者用充满敬意的语调说话。他事先安排了与菲利克斯·德雷文的会面，后者在迪恩死亡后暂代他银行经理一职。

德雷文是个身材发福的男人，门牙有些突出，没留胡子，只有浅浅的胡茬。他在空旷的门厅与艾布斯简短而热情地打了招呼，然后带他穿过门厅，进入银行经理办公室——现在是他的办公室了。看上去他还在清理迪恩的私人物品。这一切都让人觉得不舒服。

"谢谢你同意见我，德雷文先生。"

"不客气，"他说得很快，"乐意效劳。"

"迪恩夫人告诉我，她丈夫最近的行为很奇怪。似乎有什么事情让他感到焦虑或害怕。"

"我不是在说死者的坏话，但我倾向于同意迪恩夫人的看法。已故的迪恩先生一直是位一丝不苟的绅士。但在过去两周左右的时间里，他的确像变了个人。"

"你认为是为什么？"

"我认为原因是迪恩先生遇害两周前发生的抢劫案。一天晚上，有人洗劫了我们的金库。也许你知道这件事？"

艾布斯知道，但他只是茫然地看着德雷文，希望套出一些有用的话。

"太可怕了，可怜的亚瑟……"

亚瑟·莫里森那晚在银行值夜，一帮窃贼用棍棒袭击了他。如果他们只敲他一棍，那他最多只是有些倒霉。但他们不停殴打他，直到他的脸变成肉泥，血从他的耳朵里涌出来。莫里森在清晨死去。

"发生了这样的恶性事件，"德雷文总结道，"迪恩先生感到不安并不奇怪。更何况，要求莫里森值夜的人正是他。"

"是吗？"艾布斯说，"他为什么那样做？"

德雷文耸了耸肩。他似乎在尽力败坏前任的名声，可他的话也有道理。迪恩是银行经理，老保安在值夜时遇袭身亡，这件事归根结底是他的责任。抢劫案一定对他造成了影响。他一定感到非常内疚。

除非……

迪恩突然表现异常，不久之后他就被谋杀了，这不可能是纯粹的巧合，不是吗？他知道有人要找他麻烦。朋友和邻居都证实他最近变得很谨慎，现在又有了他被一个跛脚男人跟踪的说法。那个男人曾出现在他丧命的现场。抢劫案和迪恩被杀之间是否有关联呢？

尽管德雷文表面上乐于帮忙，可一谈到他和迪恩的私下关系，他就守口如瓶。他的热情之下潜伏着冷漠。艾布斯能想象他们并肩工作时的气氛，他可不愿意待在那种场合。毫无疑问，场面可能会失控。

接下来，他要去见一位名副其实的出纳员——凯什小姐①。她不仅是最年长的收纳员，也是资历最老的。她从一开始就对艾布斯很无礼，完全就像对待她的下属。尽管如此，她还是同意回答一些问题。

"你是来查什么的？是抢劫案，还是迪恩先生的事？"

艾布斯笑着说："我想两者都有吧。"

"你不会是和另一位先生一起的吧？"

"另一位先生？"

"嗯，事情发生后先来了警察，我指的是抢劫案。当然，弗林特探长负责查案，他问了每个人一些问题，调查了事情的经过。然后来了一伙记者，迪恩先生死后他们也来过。但在那之后，还有一个人来这里问了我们一些问题。"

---

① 凯什小姐的名字 Cash 意为"现金、钱"，是表示"出纳员"的英文单词 cashier 的组成部分。

"他是谁？他叫什么名字？"

"哦，让我想想……"她皱起眉头。"雷米斯顿，"她终于想起来了，"博伊德·雷米斯顿先生。"

"你为什么会认为他不是记者？"

"他是来找迪恩先生的。但当我把迪恩先生去世的情况告诉他时，他似乎一点也不惊讶。"

"他还说了什么？"

"没了，他很快就离开了。我不喜欢他，艾布斯先生。我可以告诉你这一点。"

"他长什么样？"

"哦，让我想想。他长得很结实，说话粗鲁。要我说的话，从他的口音上判断，他可能来自北方。"

"啊哈。那他长什么样？你能描述一下他的面部特征吗？"

"他长得很普通，艾布斯先生。他那种样貌在银行里随时都能碰到。"

"他的穿着呢？有什么特点吗？"

"他穿着黑色西装，戴着圆顶礼帽。我记得他有点跛足。"

"哪只脚？"

"我想他更在意自己的右脚。"

"他有胡子吗？"

"没有，刮得很干净。"

"他看起来多大年龄？"

"哦，艾布斯先生，我对看年龄一窍不通。40 岁左右吧。"

"还有一个很重要的问题，你以前见过他吗？"

她出乎意料地忸怩起来，说："这么多年来，我可能见过他上

29

百次，但我一次也记不得了。他只是个长相很普通的人。"

"我明白了。谢谢你，凯什小姐。你说的这些还是很有帮助的。现在，如果你不介意，我想换个话题，请问你觉得迪恩先生这个人怎么样？我指的是，作为银行经理的他。"

她似乎受到了一丝冒犯——这并不奇怪。"他是一个模范雇主，"她带着高傲的神情说，"而且是个十足的绅士。"

艾布斯在笔记本上写下结论："婚外情？"可能性很大。不过，银行经理和他手下的出纳员私通，真的会引来杀身之祸吗？也许吧，如果被迪恩夫人发现了……

"你见过迪恩夫人吗？"

"当然见过，但我希望永远不会再见到她。她是个恶毒的女人，看她对可怜的迪恩先生做了什么就知道。"她很可能以为他为原告工作。艾布斯决定再次改变话题。

"迪恩先生死前两周，这里发生了一起抢劫案，对吗？你能跟我说说这件事吗？"

"哦，"她的眼中泛起泪花，"太可怕了。可怜的莫里森先生。他是位讨人喜欢的老绅士。他们对他做的事实在是太可怕、太残暴。"

"你认识亚瑟·莫里森？"

"当然！他在这家银行工作了 30 年左右。大家都认识他，都非常喜欢他。"

"你知道案发当晚他为什么在银行吗？据我所知，这有些反常。至少德雷文先生的言外之意是这样。"

她第一次露出不自信的神情。"嗯……我不能说我知道为什么。我只知道是迪恩先生让他值夜班，但我不知道原因。"

所以，又是抢劫案。艾布斯知道这起案子纯属偶然，它和那段时间发生的各种令人不快的事件一起出现在新闻里，只是短暂地吸引了人们的注意力，然后就不再被提起，就像被大风吹走了。之前，他几乎完全没想过，当时那个不幸的银行经理和不到两周后死于枪杀的多米尼克·迪恩是同一人。现在，关于两起犯罪之间必有联系的猜想变得不那么离谱了。把这些事搞清楚是他的工作，就从神秘的博伊德·雷米斯顿先生开始吧。

　　艾布斯知道凯什小姐已经提供了所有她愿意分享的信息，于是表达了谢意便离开了。

　　他在银行外面拦了一辆出租车。"苏格兰场。"上车之后，他若有所思地对司机说。

第三章　大魔术师斯佩克特先生

抵达苏格兰场后，艾布斯大步走到值班室，要求见一见弗林特探长。值班警官把头从报纸堆中抬了起来，不以为意地说："他不在这儿。"

"那他什么时候回来？"

"这件事恐怕我无法回答你，你明天再过来吧。"

明天是星期六，艾布斯怀疑明天恐怕更难见到探长。"你知道他去哪儿了吗？"

"我知道。"说完这句，警官便闭口不言了。

"那你能告诉我他在哪儿吗？"

"抱歉，不能。"

艾布斯叹了口气，悄悄塞给他5先令——之后会用办公室的小额备用现金补上。

值班警官边把钞票放进口袋边对艾布斯说："他在老贝利①旁听对皮尔格里姆的审讯。"

"皮尔格里姆吗？"艾布斯尽量不表露出惊讶。泰特斯·皮尔格里姆是继"调皮的杰克"②之后伦敦最声名狼藉的罪犯之一。与杰

---

① Old Bailey，伦敦中央刑事法院的俗称，英国最古老的法院。——译者注

② 即开膛手杰克，他在第一次作案之后给报社写信，自称"调皮的杰克"（Saucy Jack）。——译者注

克不同的是，皮尔格里姆的作案手法更像那些有名的美国黑帮。用老一套的话说，他自认是一个"合法商人"。然而人们都知道，他干的勾当包括收取保护费、贩卖海洛因、非法赌博、钱色交易……总之，作恶多端。

艾布斯从未见过皮尔格里姆（算他幸运），对于此人会在这天出庭，他却并不感到意外。讽刺的是，虽然苏格兰场同仇敌忾、齐心协力，但始终没能让泰特斯·皮尔格里姆被定罪。一次也没有。这天法庭审理的案子只涉及小额财务问题，之所以受到小报的特别关注，纯粹因为有皮尔格里姆的参与，他总能为报社提供素材。

值班警官一改之前的态度，突然话多起来。他告诉艾布斯，法庭并不需要弗林特出席作证，他只是单纯地想看看皮尔格里姆这次又会要什么花招。"泰特斯·皮尔格里姆一直是他的心腹大患。"值班警官透露道。

艾布斯道谢后离开大楼，又上了一辆出租车，在伦敦蜿蜒的车流中穿行了大约1.5英里，从白厅①来到老贝利。一群记者聚集在法院外面的石阶上，艾布斯走过去，扬声问道："有他的消息吗？"

记者们当然知道他说的那个人是谁，纷纷摇头表示仍旧一无所获。他点了一支烟，耐心地等待着。已经是傍晚时分了，好在他也取得了相当大的进展。他的推论已经初步建立，现在他理应抓住机会满足自己病态的好奇心。

"嘿！"有人喊道，"他出来了！"

果不其然，皮尔格里姆大摇大摆地走出了伦敦中央刑事法院，

---

① 伦敦市内的一条街，英国主要政府机关所在地，常用作英国政府的代称。

肩上围着毛领，过于浓密的白发上压着一顶黑色洪堡帽①，嘴里咬着雪茄，不停地吞云吐雾。

乔治·弗林特探长就远远地跟在皮尔格里姆后面。艾布斯此时还不知道，弗林特得了夏季感冒，尚未完全康复，喉咙一阵阵发痒，声音也是嘶哑的。他的八字胡虽然浓密，但毫无神气。他大腹便便的样子加上苍白的面色，让他看起来非常虚弱。艾布斯很快就合上了探长的步伐，后者眼里显然只有泰特斯·皮尔格里姆。没有照相设备的拖累，他们比记者行动更迅速。

"嘿，皮尔格里姆先生……"弗林特耐着性子喊道。

皮尔格里姆停了下来，转过身看着这位警察，表情愉悦。"哦，弗林特。我没想到是你，"他含着雪茄说，"来祝贺我的吗？"

"不，"弗林特严正地说，"只是让你知道，我会一直盯着你。"

"这是苏格兰场最杰出的警探应该做的。"他显然非常得意，并且享受众人的关注。毫无疑问，他在法庭上的表演非常精彩。

这时，一辆线条流畅的黑色豪华轿车在旁边停了下来，泰特斯·皮尔格里姆迅速钻了进去。车辆疾驰而去，只有残留的烟味表明他在这里出现过。

弗林特探长默默站在原地，看着豪华轿车消失在拐角。皮尔格里姆又一次逃脱了。眼见自己快被记者团团围住，他沮丧地叹了口气，转身就走。艾布斯小跑着追了上去："弗林特探长，弗林特探长！"

"无可奉告。"他说。

"你误会了，我不是记者。"

---

① 一种帽檐较窄并卷起的男士软毡帽。

"哦，不是吗？"弗林特放慢了脚步，让艾布斯跟上他。

"不是，我的名字是埃德蒙·艾布斯。我是一名律师，我想和你聊聊迪恩的案子。"

"迪恩的案子？你是指多米尼克·迪恩吗？"

"正是。"

"好吧，你为什么不早说呢？走，先甩开这群人。"说着，他们朝附近的一家茶室走去。记者们已经开始失去兴趣，艾布斯却第一次意识到案件涉及的范围或许更大。当各种想法在脑海中翻涌时，他瞥见人群中有一顶淡蓝色的圆顶礼帽正摇摇晃晃地向他靠近。米克洛斯·瓦尔加，那个游乐场工作人员。艾布斯想走上前去看个仔细，但那一抹淡蓝色已经消失了。

茶室的环境令人愉悦，正面是玻璃门，当他和弗林特在角落安顿下来后，艾布斯决定掌握主动权。"我为卡拉·迪恩辩护。"他说。

弗林特的一条眉毛动了下。"你太年轻了吧，艾布斯先生？"

"好吧，也许应该说我为辩方工作。"

"这么说的话，你做的工作就很适合你了。案情一目了然。"

"你确定吗？听起来像还有所怀疑。"

这时，一名年轻的女服务员过来帮他们点单。艾布斯只要了一壶格雷伯爵茶，弗林特却打算饱餐一顿。"下午茶，"他说，"三明治、蛋糕，都要。我的朋友艾布斯请客。"

在服务员匆匆记录点餐内容的间隙，艾布斯表演了让一枚硬币在指关节上滚动的小戏法。

"非常灵巧，"弗林特说，"你会魔术吧？"

艾布斯把硬币放在手掌上，然后握紧拳头，想让它"消失"。但当着探长这位观众的面，他紧张得失了手，硬币从他手中滑落，掉在了长毛绒地毯上。"呃，事实上，是的。"他一边说，一边弯腰捡起硬币。

"魔术从没打动过我，"弗林特说，他从口袋里拿出烟斗，若有所思地咬着，"日常生活中稀奇古怪的事情已经够多了，大可不必再去制造假象。就拿摩天轮案来说吧，如果我还有所怀疑，那是因为这起犯罪太缺乏想象力。也就是说，一样武器，一个受害者，一个嫌疑人，犯罪现场又是所谓的'密闭'空间。因此，答案是现成的。合理得让人感觉不真实，你不觉得吗？我有一个朋友喜欢从侧面而不是正面解决问题。他告诉我，当事情合理得不真实时，通常都另有隐情。"

"你是说，你认为卡拉·迪恩没有杀她的丈夫？"

他轻声笑了。"你想让我中你的圈套，没那么简单，艾布斯先生。别忘了，现有证据足够将案子送交法院审判。我只是希望确保正义得到伸张，仅此而已。无论，"他含糊地补充道，"会牵扯到什么。至于现在，就先这样吧。"

"你也参与了银行抢劫案的调查，对吗？"

"我更愿称之为莫里森谋杀案。别忘了那个可怜的老人是被活活打死的。"

"你有什么线索吗？"

"只有一条，你也许能猜到。泰特斯·皮尔格里姆。"

"你认为皮尔格里姆是银行抢劫案的幕后黑手？"

弗林特靠在椅子上叹了口气。"我的同事——总之，某些同事——认为我对皮尔格里姆有积怨。也许我的确有。但这改变不了我所知道的事实，我知道泰特斯·皮尔格里姆过去策划过几起抢劫案，情况几乎和戈尔德斯格林案一模一样。当然，他很聪明，他知道如何撇清嫌疑。我们没找到他的任何罪证，这就是为什么他现在依然像鸟一样自由自在。但你可以放心，总有一天我会抓住他的。"

"不过，最近这次抢劫似乎是搞砸了，对不对？"艾布斯问道，"毕竟，那个夜班保安被杀了。似乎没有杀人的必要，你不觉得吗？"

这时，茶点送来了。女服务员把一大份摆成金字塔形的三明治放在弗林特面前，他毫不掩饰对它的喜爱。艾布斯则倒了一杯格雷伯爵茶，往里面加了两块糖。

"你为什么问起抢劫案？"弗林特一边吃鸡蛋和水芹，一边问道，"你认为银行抢劫案和迪恩的死之间有某种联系？"

"我正是这么想的。"艾布斯说，"当然，我的工作是为卡拉·迪恩辩护，仅此而已。但如果能证明多米尼克·迪恩跟抢劫案有关，那么我们就能提出合理的怀疑。"

"我明白了……所以你认为迪恩是内线？他串通其他人，抢劫了自己工作的银行？"

"内线！对了！没错！我想了好久，就是没想到这个词。是的，在我看来，多米尼克·迪恩似乎被泰特斯·皮尔格里姆买通了，为他提供了一些内部细节，来帮助他的人打开金库，抢劫银行。但是没人预料到那个可怜的保安会被杀害。多米尼克·迪恩一定感到非常内疚。我不认为他能从这件事的阴影中走出来。"

"所以你认为他打算投案自首？你的想法相当周密，艾布斯先生。大概是皮尔格里姆派人杀了他吧。但你还没有解释他是如何完成谋杀的，迪恩当时正和他的妻子待在摩天轮上。"

"那是次要的。关键是我提供的逻辑链，探长，重要的是这个。我们要用它来说服陪审团。顺便问一下，我想你不会正好遇到过一个叫雷米斯顿的人吧？"

"雷米斯顿？"弗林特皱起眉头，"全名叫什么？"

"博伊德·雷米斯顿。"

弗林特摇了摇头。"我对这个名字没有任何印象。你是从哪里听说的？"

"我相信，迪恩被杀的时候雷米斯顿就在现场。而且枪一响他就急忙离开了。"

"有意思，真有意思。你可能发现了重要线索，艾布斯先生。迪恩被杀案确实有疑点，这是不可否认的。但是你不能不考虑谜团里的现实问题，不是吗？我认识一个人，他对这类案子有一定的了解。也许你应该和他谈谈。他的名字是约瑟夫·斯佩克特。"

"斯佩克特？那位魔术师？"

"是的，他过去在剧场表演，如今已经退休了。他现在的兴趣是破解不可能犯罪，帮过我不少忙。"

"真没想到，"艾布斯对自己说，"那位魔术师斯佩克特，破解罪案……"

"别透露你是他的仰慕者，否则他会像孔雀一样卖弄自己的本领。"

"我要去哪里找他？"

"他通常在普特尼的黑猪酒吧消遣。你也许顺着刺鼻的烟臭味就能找到他，但是保险起见，我还是把地点告诉你。"

艾布斯喝完茶之后，两个人握了握手。"谢谢你的帮助，探长。"

"你知道，"弗林特边吃东西边说，"为了把泰特斯·皮尔格里姆定罪，我已经花了很多时间。如果你能把他和迪恩被杀案联系起来，我会尽我所能帮你。"

然后把功劳据为己有，艾布斯腹诽。分道扬镳后，艾布斯又一次搭上公共汽车，已经忘记是当天的第几辆了。这次是回法院街，带着取得进展的满足感。悲剧作家可能会称之为"傲慢"。

到家后，他洗了个澡，匆匆吃了晚饭，待不了多久又要出门。他买了当天晚上石榴剧院的票：一场难得一见的演出，来自令人惊奇的"保利尼教授"。不管怎样，艾布斯还是抽空看了眼卧室墙上那张有些年头的旧海报，那是他在一群狂热的崇拜者中通过拼命叫喊得到的①。海报上是一位身着丝绸披风、神采奕奕的先生，他正在展示着一副扑克牌，配文"大魔术师斯佩克特先生"。

---

① 传统魔术表演开场前，魔术师助手会鼓动观众欢呼，并奖励观众中欢呼声最大的人一些礼物，比如用气球做的小玩具，简单的魔术道具之类的。——译者注

第四章　板条箱魔术

这天晚上，艾布斯下定决心让迪恩夫妇和泰特斯·皮尔格里姆从自己的脑海中消失。他如痴如醉地翻了几页《操纵大师》，但时间紧迫，演出即将开始。这是他一直期待的演出：保利尼的回归。

保利尼教授长得五大三粗，留着八字胡，经常（虽然并不总是）做作地用意大利人的腔调说话。尽管他有这些毛病，他的真本事仍让艾布斯心悦诚服。他的魔术总是能超出你的预期，比如那个在《助手的复仇》之上创新的魔术，就让他记忆犹新。

通常，这类魔术开始时，助手会被绑在椅子上，或者被关在一个箱子里，把头从一个洞里露出来。随后，他们会被一张布遮挡。魔术师绕到箱子或椅子的后面，短暂地从观众的视线中消失，很快助手会出现在魔术师消失前的位置上，把布掀开，让观众看见被束缚的人变成了魔术师。这是艾布斯很喜欢的一种魔术，因为需要在仅仅几秒钟之内完成换人，对敏捷性和精确度的要求很高。

保利尼的版本稍有不同。在他的魔术中，助手不是简单被束缚，而是穿着约束衣，被倒挂在那种挂肉的铁钩上。接着，像裹尸布一样的帘子降下来，遮挡住观众的视线，保利尼就在这时走到她身后。几秒钟之后——几秒钟！——助手从布帘后面走出来，拉开了布帘，穿着约束衣被倒挂着的人变成了保利尼。

在观众的掌声中，连接铁钩的链子向上升，把保利尼吊上顶层楼座，在那里解绑。艾布斯想明白了这个魔术的一部分是如何完成的（至少，他自认为想明白了）。当女孩被倒挂着，布垂下来时，除了她双脚周围的阴影比较清晰外，她整体的身体轮廓是非常模糊的。所以，艾布斯认为她的脚上一定套着可拆卸的模型，当她真正的双脚脱离束缚时，模型的影子并不会发生变化。这样一来，她就能在帘子垂下之后立即脱身，尽管她看起来仍然被倒挂在那里。可是，这无法解释保利尼如何在两秒钟内就把自己变成被束缚的人。他只是走到布帘后面，然后……助手走出来。她只做了一个把布帘拉开的动作，来让观众看见后面的人是保利尼。

当然，约束衣可以事先缝在保利尼的衣服上，外面套一层他可以迅速脱掉的衣服，这可以解释他为什么能用极短的时间把自己绑起来。但这不能解释他为何能够在不到三秒的时间里把自己倒悬在半空。

艾布斯暂时还没有在《操纵大师》中读到这种伎俩，但他确信它逃不过那位神秘的"安妮·L.苏拉扎尔博士"的观察。这位作者到底是谁？难道是保利尼本人在执行一项自杀式任务，要葬送他自己和对手们的事业？他可能得了病，甚至命在旦夕。他也许希望自己的技艺能被记录并流传下去。又或者这本书是他某个敌人的手笔，目的是毁掉他的声誉？

演出地点在西区的石榴剧院，正如艾布斯所测，传奇人物保利尼的短暂回归引出了一群平日里难得一见的明星。艾布斯拿着节目单站在剧院外的街上，等着剧院门打开。保利尼已经有近五年没有在伦敦登台表演了。他此前一直在世界各地巡演，从澳大利亚到乌得勒支。他在英国海岸登陆的消息引起了轰动，吸引了许多魔术师前来观看演出。艾布斯环顾四周，用崇拜的目光看着他们。

首先是嘴长得像蜥蜴，从侧面看有点邪恶的 P.T. 塞尔比特。他是表演"把人锯成两半"的第一人，该发明已经成为魔术表演中的重要节目。而作为首创者，他为人却十分谦逊。到场的还有"迷惑者"巴托克，鲁克莱尔和米尔德里德，威尔·戈德斯通，甚至是了不起的大卫·德文特。他们都站在周围，随和地聊着天，仿佛这不过是最平常的一个夜晚。艾布斯感到兴奋不已。然而与此同时，这些魔术师都带着捕食者的神态。像低声嗥叫的狼群，准备发动突袭。

　　在人群之中，艾布斯认出了另一张脸。一张皱纹满布、和蔼可亲的脸，一双淡蓝色的眼睛。不是别人，正是约瑟夫·斯佩克特。艾布斯因为见到这位老牌魔术师而心跳加速，但他决定不去打扰他，迪恩的案子可以改天再讨论，今晚的主角是保利尼。

　　热爱魔术的观众与其他演出的观众是不同的。他们往往充满活力，石榴剧院外的观众也不例外。这也是埃德蒙·艾布斯热衷于魔术的原因之一。作为一个成熟的大男孩，在他看来，魔术的魅力不仅限于复杂的手法，还包括魔术本身对观众产生的影响，以及大脑如何挑战不可能。"保利尼的本领，"有人曾经说过，"在于他总是有点与众不同。比如，同样是接子弹的魔术，他却不只是表演接子弹，他还会从观众中找一个人来发射子弹，隔着一块玻璃。他不把风险当回事，所以能创造绝妙的效果。"

　　魔术观众的心理向来是矛盾的——他们既想被愚弄，又不想被愚弄。或许他们在这方面就像陪审团一样——既想做顺从者，又想尽可能地保留自己对现状的看法。当剧院的大门打开时，陷入思考的艾布斯被人群推搡着走向门厅。没过多久，观众就得到通知，可以进入礼堂。他和其他人一起鱼贯而入，找到了自己的座位。

从很多方面看，保利尼都是一个完美的魔术师。他的装扮无懈可击：大礼帽、燕尾服、丝质披风、银顶手杖（当然，在表演心灵魔术时，他会戴头巾，而不是礼帽）。他的手法不只是敏捷，几乎可以用精美来形容，即使是最无关紧要的动作，也能给人留下深刻的印象。他的眉毛很有名，因为有三条：两条在眼睛上方，还有一条在嘴唇上方。大礼帽下面是他的秃顶，上面粘着几绺稀疏的黑发，这一点是欺骗不了任何人的。保利尼本人能满足你对魔术师的所有期待，就和海报上的他一样。他的眼睛像斯文加利①的眼睛一样凸起，似有一种能催人入眠的魔力，而且他眨眼的频率也比一般人低得多。他的衬衫紧贴着大肚皮，衬衫上的纽扣似乎随时会飞向人群。艾布斯不止一次想过抓住一颗从保利尼身上飞出的纽扣，这样一来，他少得可怜的魔术纪念品中就又多了一件珍宝。

伴着一团蓝色烟雾，保利尼出现在舞台上，观众立即奉上热烈的掌声。他挥了挥手，等观众安静下来后开始讲话："女士们先生们，最近出版的一本书，声称要揭露像我这样的魔术师的所有秘密，公开我和同行们以娱乐的名义玩过的一些小花招、小把戏。亲爱的女士们先生们，此类行为是愚蠢的，因为他们忽略了使一切魔术奏效的关键因素，那就是，魔法。今晚通过第一个魔术，我会展示一些还没有任何人能'解说'的东西。玛莎，请。"

他的助手玛莎从舞台侧面登场。她身着一条闪光的连衣裙，从锁骨到大腿的身体部位覆盖着薄薄的织物。衣服表面的亮片能捕捉

---

① 斯文加利（Svengali）是英国小说家乔治·杜·莫利耶小说《爵士帽》中通过催眠术控制女主人公的邪恶音乐家。——译者注

光线和干扰观众的视线，艾布斯对这类服装的用处并不陌生，但她穿着长裤的两条腿也对他起到了同样的作用。都是表演的一部分，都是表演需要。她的头发虽然很短，刚好及肩，却是一头蓬乱的鬈发。她有匀称的五官，脸型异常对称，皮肤白皙。薄薄的嘴唇涂成了血红色，深色的眼睛画着引人注目的深灰色眼线。她穿着高跟鞋，在舞台上每走一步都会发出响亮的声音。艾布斯不知道她穿这双鞋是纯粹为了美感，还是另有目的。也许高跟鞋的声音会掩盖幕布后的一些机械噪声，比如绞车的声音。这就是他那天晚上脑子里的想法。

玛莎端着一个盖着布的银托盘走近保利尼。保利尼用夸张的动作掀开布，托盘上出现一把"点三八"左轮手枪。艾布斯立刻联想到了多米尼克·迪恩，突如其来的一股寒意让他脊背发凉。

"一把左轮手枪，"保利尼说着，把枪抓起来，"而且是装好子弹的。"他把转轮打开，向观众展示装满六颗子弹的弹巢。"许多优秀的魔术师——比我还优秀——都在类似的魔术表演中丢了性命。比如，了不起的德林斯基夫人，在德国皇室面前被一个糊里糊涂的士兵枪杀了！再比如，二十年前，我尊敬的同行程连苏①，就死在了离这个剧院几英里远的另一个舞台上。还有很多模仿者、冒充者、愚蠢的外行，比如拉塞尔·扎南德拉或'西方黑巫师'——一个蛇油推销员，在南达科他州戴德伍德镇，他被阴险的妻子当着观众的面开枪打死了。"

他兴致勃勃地谈论着这些已故魔术师。艾布斯却在想着程连苏，这位魔术师去世的消息令当时9岁的他非常震惊和难过。带给

---

① 美国魔术师，本名威廉·罗宾逊（William Robinson）。

他同样感受的，还有爱泼斯坦博士和迈克尔·哈塔尔。在舞台上中枪而亡的魔术师名单非常长，而且人数还在不断增加。艾布斯开始冒汗了。如果你在当时问他，他会告诉你那完全是出于期待和紧张，因为魔术师手里拿着一把装满子弹的枪。但如果你在事后问他，在一切都结束之后，他会告诉你，他当时产生了一种预感。他知道那天晚上会出事。

"现在，我知道你在想什么。你在想保利尼是个职业骗子！那肯定只是一把道具枪，不能发射实弹！好吧，我这就消除你的怀疑。你，这位先生！"保利尼身体前倾，把枪递给前排的一个男人，"请你拿着这把手枪，检查它是不是真的？"

那个男人嘟囔着回应了什么，接过手枪，拿在手里转来转去，仔细检查。

"很好，还满意吗?"

仍是听不清的回复。

"太棒了。那么请你把枪递给坐在你正后方的人。"

男人照做了。按照这个步骤，手枪在前三排的范围内传了一圈。就在观众开始抱怨时，保利尼拿回了手枪。"看好了！"他大声说，"武器是真的，弹药是真的。"他拍拍自己那大过头的肚子，"目标也是真的。"

"现在，为了完成这个魔术，我需要一位观众的协助。不过，我必须声明，对于敢于挑战此类壮举的人来说，死亡的风险是真实存在的。我向你们保证，如果我在表演中死亡，石榴剧院不会追究你的任何法律责任。那么，谁愿意?"

保利尼打了个响指，观众席的灯亮了。艾布斯在座位上换了个身体前倾的姿势。就是这个愚蠢的举动让他引起了保利尼的注意。

"你，先生！第三排的那位先生！你愿意吗？"

艾布斯满脸通红地站了起来。在透露着紧张的掌声中，他走向舞台。助手玛莎微笑着把手枪递给了他。

这把枪很重。不知为何，艾布斯没想过这会是一把真枪。可它是真的，一把装了六发子弹的左轮手枪。他再次想到了多米尼克·迪恩和他的妻子卡拉，并开始构想一种可能。

保利尼再次挥了挥手，观众安静下来。玛莎把一块玻璃隔板推上台，小心翼翼地放置在艾布斯和保利尼之间。

"先生，你叫什么名字？"

"埃德蒙。"

"你以前用过枪吗，埃德蒙？"

艾布斯摇了摇头。

"很好，我可以告诉你，这很简单。你需要做的就是瞄准。这里——这个靶子应该够大了。"保利尼张大了嘴巴。得到暗示的观众发出了紧张的笑声。

艾布斯照做了，尽管他的手有点颤抖。他瞄得一点也不准。他突然想到，这是一个多么巧妙的谋杀方法，能完美地杀死一名惹了麻烦的魔术师。

"现在，"保利尼说，"开枪！"

艾布斯扣动扳机。枪声震耳欲聋，后坐力让他退了好几步。当玻璃碎裂，保利尼摇摇晃晃地跌向舞台边缘时，观众席响起一片惊呼。

玛莎冲上前，从他颤抖的手里夺过了手枪。与此同时，保利尼跪倒在地。

观众的抽气声变成惊愕的低语。艾布斯看着玛莎，她面无表情，静静地站着，像座雕像，而保利尼却抽搐得很厉害。

艾布斯从未目睹过一个人的死亡过程。眼前的情况跟他想象的不一样。没有血，一点都没有。他皱了下眉。下一秒保利尼就站了起来，咧着嘴，射出的子弹在他的两排牙齿之间闪闪发光。他用戴着手套的手取出子弹，递给了艾布斯。

"你可以留着它，埃德蒙，作为保利尼死里逃生之夜的纪念品！现在，请你回到座位上去吧。"

礼堂的紧张气氛被打破，掌声响了起来。多么精彩的开场啊！

艾布斯跌跌撞撞地回到座位上，把子弹装进了口袋。

艾布斯昏昏欲睡地看完了后面的表演。他的眼皮越来越沉。毫无疑问，忙碌了一天的他现在很疲惫。他眨了好几下眼睛，在座位上挺直了腰。保利尼的表演一如既往地流畅和专业。他表演了《助手的复仇》，但整个过程对于艾布斯来说太快了，他还是没能发现其中暗藏的玄机。

一个高大的板条箱被玛莎推上台，它大约有 7 英尺①高。玛莎把板条箱放在舞台中央，先打开了向右开的后门，然后打开向左开的前门，这时观众就可以透过板条箱看到舞台后方。

"现在，"保利尼说着，展示了一个方方正正的箱子，"为了表演下一个魔术，我想深度挖掘英国辉煌的过去。我要向你们展示的是一段历史。确切地说，是五段。"他从箱子里拿出一对护腿甲，把它们立在舞台上，看起来像缺少肉体的两条腿。"这对护甲曾被伟大的英格兰骑士兰斯洛特爵士本人穿在身上。传说当他的盔甲再次组装完整时，他的灵魂就会听到召唤，回到这片风景宜人的土地

---

① 等于 2.1336 米。

上!"他又从箱子里取出胸甲,接着是护手,最后是头盔。他把盔甲的各部分钩接起来,组成了一具空心人体模型。

人体模型立在高大的板条箱里,箱子的前门先关上,接着后门也关上了。保利尼和玛莎各占一方,推动板条箱就地旋转。保利尼低声念了几句咒语,下一步就是打开木箱门。

"咒语已经施加,"他拖长了声音说,"现在,恭迎兰斯洛特爵士……"他用魔术师的标志性动作打开了板条箱前面的门。盔甲像之前一样立在里面。保利尼和玛莎站在板条箱的两边,已经做好敬畏和惊奇的表情。"咒语"却迟迟没有生效。艾布斯注意到他们交换了一个不安的眼神。哪里出了问题。

"请看,"保利尼说,"他从遥远的历史中走来……"

下一刻,整套盔甲向前倒下,哐啷一声摔在舞台,散成了几部分。观众则不约而同地倒吸了一口凉气。头盔继续向前翻滚,落在前排一位女士的腿上,吓得她尖叫了起来。同时,从板条箱内盔甲原本所在位置的后方,又一个身影摔了出来。这次明显是个真人,穿着一套带有特色的西装。

保利尼在那副躯体旁边蹲下来。"天哪!"他的意大利口音不见了。地上的人一动不动。

"抓住他的腿。"保利尼指示玛莎。他们一起把那个失去生气的人翻了个身。当艾布斯看到他的脸时,他知道,他最初认为不可能的直觉是对的。可以肯定地说,那天晚上,他根本没想过从魔术箱里出现的会是眼前这个人。

米克洛斯·瓦尔加,游乐场那个穿格子西装的男人。

"这里有谁是医生吗?"保利尼问。

"请听我说,"艾布斯大声说着离开座位,走向舞台,"谁都不要碰任何东西。"

"你是警察吗？"玛莎问。

"不，我是律师。但是，请按我说的做。我见过这个人。"

"他到底是谁？"

已经有观众惊叫起来，他们意识到这场演出不仅失败了，还弄出了人命。瓦尔加闭着眼，令人忧心地瘫在保利尼怀里。

艾布斯在幕布降下之前来到了舞台上。他推开空板条箱，箱子移动到舞台旁边，两扇木门在晃动中关上了。他跪下来，摸了下瓦尔加的额头，是冰冷的。他已经死了一段时间了。

"怎么会这样？"

"我不知道。上帝作证，我真的不知道。"

剧院经理很快出来维持秩序。每个出口都安排了引座员，以确保在警察到来之前没有人离开剧院。礼堂里的灯都亮了起来。保利尼冲下了舞台，他看起来很不安。

与此同时，玛莎悄悄走到艾布斯身边。"这是怎么回事？发生了什么？"

"我不知道怎么……"

"你说你认识这个人？"

"我不认识他……白天我才跟他第一次见面……"

"那他为什么在这里？"

"我……"艾布斯想了想，"不，不可能。确实太巧了。"

"嗯，保利尼有一件事说对了，"玛莎狡黠地说，"演出前他一直在大声嚷嚷自己的职业生涯要结束了。他没说错。"

第二部分
黑暗将至

魔术的魅力之一在于它总能上演逆转奇迹。断绳可以重连，焚烧的字条可以复原，死者可以复活。

——《操纵大师·魔术凭什么?》

永远让他们渴望更多。

——常被认为是 P.T.巴纳姆关于娱乐业的格言

第五章　一团糟

观众在一队引座员的指引下，快速而有序地离场。看来警察到了，艾布斯始终不知道报警之人是谁。几分钟后，现场到处都是穿制服的警察。

"法布里斯呢？"玛莎说，"我不明白，他去哪儿了？"

"检查一下箱子，"保利尼说，"我现在一头雾水。"

艾布斯跟着他们走到舞台右边，他们已经开始检查板条箱。"但肯定是空的吧……"他说。没人回应。玛莎拉开了那扇薄薄的木箱门。艾布斯惊讶地看见里面还有一套盔甲。而这一次，它走出了箱子，摘下了头盔。这才是板条箱魔术该有的效果。摘下头盔的男人外表普通，此刻狼狈地喘着气。

"该死的，到底发生了什么？"他质问，"明知道我在里面呼吸困难，你们想干什么，把我闷死还是怎么着？"

"法布里斯！"保利尼说，"到底怎么回事？"

"怎么回事？"身穿盔甲的骑士苦笑道，"你认为是怎么回事？德雷珀像平常一样把我放进箱子，我什么都看不见，也什么都听不见。之后发生了什么，我和你一样不知道。"

"肯，太惨了。"玛莎说。

"这还用你说！"

"不，我是说，有一个人死了，他之前就在箱子里。"

还在喘气的骑士肯尼斯·法布里斯看着他们，想搞清楚他们是不是在开玩笑。"好吧，箱子里除了我没有别人，我只能告诉你这么多。"

玛莎往旁边挪了一步，好让法布里斯看见米克洛斯·瓦尔加的尸体，以及散落在周围的盔甲零部件。

法布里斯脸色一沉："他……他是谁?"

"他的名字是米克洛斯·瓦尔加。"艾布斯回答。

"你又是谁?"

"我叫艾布斯，埃德蒙·艾布斯。"

"艾布斯当时在观众席看表演，"保利尼解释道，"我完全无法理解，板条箱里的人应该是法布里斯。"

"我是在箱子里……"

"在台上出现的不是你。我打开板条箱时，一具尸体从里面掉了出来。德雷珀到底在哪儿? 也许他知道些什么。"

"我也希望我知道，保利尼。"一个沙哑的声音说，一位穿衬衫的老人从后台某个小黑屋里走出来，"但我可以告诉你一个事实：当我把板条箱推到原定的位置时，法布里斯就在里面，而且只有法布里斯在里面。"

"德雷珀说得对，"法布里斯说，"是他亲手把我关进箱子的。"

"那么，"艾布斯大声问，"瓦尔加是怎么冒出来的?"

"喂? 有人吗?"声音从幕布的另一边传来，"喂?"

"等一下。"老人德雷珀回应道。他皱着眉，使劲拉拽旁边的绳子，幕布一点点升起。

观众席空无一人，所有灯都打开了。从中央过道走过来的正是乔治·弗林特探长。

"哟，哟，"他说，"年轻的艾布斯先生，我们不能老在这样的场合见面吧。"他拖着笨重的身体来到台上。"女士们，先生们，我是苏格兰场的乔治·弗林特，请大家留在后台。警官们正在进行搜查，我会尽快询问你们所有人，以便查清真相。"他把注意力集中在艾布斯身上，拉着他的胳膊走到一边。"这真是个有趣的巧合，不是吗？请问你今晚为什么出现在这里？"

"哦，我是来看魔术的。"

"我明白了。你知道死者是谁，对吗？"

"没错，的确是这样。"

弗林特沉思着摇了摇头："一团糟。我不喜欢这种感觉，艾布斯先生。毫不相关的事和人突然联系在一起。"

"我自己也很难理解……"

"据我所知，迪恩的案子和刚发生的命案之间只有一个联系，艾布斯先生，那就是你。"

"我……"艾布斯结结巴巴地想辩解，话到嘴边却说不出口。他突然感到一阵无法解释的内疚。

"所以，到底是怎么回事？"弗林特质问道。

"我……我不知道。我发誓，我真的只是来看表演的。"

"你是一个人来的吗？"

"是的，我……"

"什么？"

"没什么。我，我是一个人来的。"

"你是否见过什么人，或者认出了什么人？演出开始前或观演过程中，你是否见过瓦尔加？"

"不，不，我没有。我就是来看魔术的。"

"好吧，真是一团乱麻，你不觉得吗？"弗林特很冷静。显然这不是他第一次处理这种莫名其妙的情况。

"我被逮捕了吗？"

"别傻了，年轻人。即使你不知怎么被卷了进来，我也不认为你有能耐在这么多观众面前大变尸体。你根本没去过后台吧？在这里，你应该和我一样，是个陌生人。"

"嗯，我……我明白你的意思。但你怎么解释整件事呢？"

"这就是问题所在，"弗林特叹了口气，"我解释不了。"

"一定和迪恩的案子有关，你不觉得吗？"

他耸耸肩。"我现在不知道应该怎么想。我们必须尽快让观众离开现场，因为他们不太可能知道什么。我会把调查的重心放在后台工作人员身上。尽管我不得不说，"他朝后台那群人瞥了一眼，"到目前为止，他们都出奇地谨慎，好像有某种缄默守则在石榴剧院发挥作用。我试过联系剧院老板本杰明·提索尔，但他看样子不在国内。"

这时，艾布斯的脑子里突然闪过一个念头。"约瑟夫·斯佩克特。"他说。

"斯佩克特？他怎么了？"

"他在这儿，在观众中间。他之前也在看演出。"

"斯佩克特？没人告诉我这件事。"

"我看见他了，在开场前。我本来想和他说话，介绍我自己，但时间不允许。"

"胡克！"弗林特喊道。一个年轻人，大概是弗林特的副手，小心翼翼地从一根柱子后面出现。"斯佩克特应该在这儿。你看见他了吗？"

"他在大厅里，先生。"

"那你还在等什么？马上把他找来！"在胡克匆匆忙忙地去找那位老魔术师的时候，弗林特是低声说："难怪毫无进展……"

然后他突然想到了什么，喊道："胡克！回来一下。"

胡克又折了回来。

"屋顶呢？"弗林特问。这个问题是针对保利尼等人的。"有人能从那儿进来吗？"

"我想可以，"穿衬衫的老人德雷珀说，"那里有天窗。当然啦，他们会被灯光师柯普看到。并且，通向天窗的路只有一条。后巷的外墙上有一架用螺栓固定的梯子，在必要的时候，工人和我们都是从那里上天窗的。"

"也就是说，即使灯光师不在天窗附近，闯入者在外面爬梯子的时候也会被街上的人看见？"

"这么说吧，探长——理论上，一个人可以在潜入或逃出天窗的时候不被任何人看到，但前提是这个人能做到悄无声息，不引起灯光师柯普的注意。可只要用外面的梯子，不被任何人看见几乎是不可能的。"

"如果他们自己带了梯子，把它放在其他位置呢？我的意思是，从另一面墙爬上天窗？"

"有可能。但话说回来，你在想什么？该不会是这个瓦尔加自己爬进来，然后被我们中间的人杀掉了吧？如果是这样，那梯子又去哪儿了？或者，你认为有人在别的地方杀了他，再把尸体转移到了这里，但是带着尸体爬上屋顶，再从天窗运进来，我很难相信整个过程不被人察觉。"

"他说得有道理，长官，"胡克警官插话说，"我到这里的时候也看见梯子了。"

"嗯，我对此并不怀疑。"弗林特承认，"但不管怎样，还是要派两个人上去看一眼。当然，你也要跟那个灯光师确认情况，他叫什么名字……"

"柯普，"德雷珀重复道，"威尔·柯普。"

"很好。胡克，别忘了，一找到斯佩克特就去问。"

"是，长官。"胡克消失了。

"就这样开始了。"一个轻柔的声音说。艾布斯吓了一跳，他转过身，发现面前正是他们刚刚说到的人，约瑟夫·斯佩克特本人。在其他魔术师和余下观众匆忙离场时，这个老人一定躲在了观众席的某个地方。

"斯佩克特，"弗林特说，"谢天谢地，真没想到我会这么高兴见到你。"

两人握了握手，他们的互动很亲切。显然，他们很熟。

"这位是埃德温·艾布斯，"弗林特说。

"是埃德蒙，"艾布斯纠正道，"我非常崇拜你，斯佩克特先生。"

"我很荣幸，艾布斯先生。"老魔术师跟他握了握手。

斯佩克特很瘦，说骨瘦如柴可能更形象，或者说像蜘蛛一样棱角分明。他的衣着和过去表演时一样：黑色套装，丝绒披风。他手持一根银顶手杖，艾布斯注意到，顶端是一个咧嘴笑的骷髅头。

"艾布斯是一名律师，"弗林特解释道，"他负责迪恩的案子。你知道的，那个摩天轮谋杀案。"

"我很了解，"斯佩克特说，"我一直从报纸上关注这件事。"

"我为辩方工作。"艾布斯告诉他。

"我想这工作一定很复杂，"斯佩克特说，"但请问你今晚为什么来这里?"

"我是保利尼的崇拜者。我必须说,也是你的崇拜者。"

"非常感谢。但你看起来很年轻,应该没去现场看过我的表演吧?"

"小时候父亲带我去过。在老竞技场,那真是一场视觉盛宴。"

"竞技场! 啊,我记得很清楚。你和我,我们必须好好聊一聊那场演出。这些天我确实喜欢怀旧。"

"现在可没这时间,"弗林特恼火地说,"斯佩克特,我们要赶快解决这起麻烦的命案。"

"好吧,"斯佩克特大步走向瓦尔加的尸体,"从头说起,谁是受害者?"

"米克洛斯·瓦尔加,"艾布斯说,"今天上午,我在戈尔德斯格林的游乐场见过他。"

"见过他? 是为了迪恩的案子吗?"

艾布斯点了点头。

"这就是我不能理解的地方,"弗林特说,"艾布斯与这两桩命案都有关系。"

"两桩命案都带有强烈的大吉尼奥尔①色彩,"斯佩克特说,"瓦尔加和迪恩案有什么联系?"

"多米尼克·迪恩被杀时乘坐的摩天轮,他是售票员。"

"嗯,请问你今天上午见到瓦尔加先生时,他有几只手臂?"

这个问题让艾布斯措手不及,他差点答不出来。"手臂?"他问。

---

① Grand Guignol,大吉尼奥尔剧院,亦译大基诺剧院、大木偶剧场,在 1896—1962 年间营业的巴黎剧院,以上演血腥恐怖剧目闻名,因此在文学作品中成为此类情节的代名词。——译者注

"是的，字面意义上的，连接肩膀的手臂。"

"嗯，他有两只手臂。我的意思是，两只手臂都在，而且看起来很正常"

斯佩克特笑了："那就不是三只喽?"

艾布斯摇了摇头。

"我提出这个荒谬的问题，只是因为当瓦尔加先生在舞台上从板条箱里跌出来时，和他一起掉落的盔甲护手有三只，而不是两只。左手边一只，右手边两只。"

弗林特立即到尸体旁边查看盔甲部件。"天哪，你是对的。我怎么没注意到?"

"我承认，这种细节的确很容易被忽略，"斯佩克特说，"也许，只是也许，凶手正盼着我们忽略它。"

"得了吧，斯佩克特，"弗林特说，"这是你的看家本领。我知道你喜欢解谜，让我们其他人看起来像傻瓜。所以，这是怎么回事，嗯?"

"既然是你所求，弗林特探长，我会尽我所能。首先，我们最好清点一下后台人员。都有谁在这里?"

"我从前台经理那里拿到了一份名单，"弗林特一边说，一边看着一张纸条，"嗯，有后门门卫，他的名字叫阿尔夫，在剧院后门边上有一个自己的小隔间。显然，从下午 4 点左右开始，他就没离开过岗位。"

"那他是否见过不幸的瓦尔加先生?"

"我还没问，问完会告诉你的。"弗林特有点气恼地说。

"好的，太着急也没用。后台还有谁?"

被弗林特念到名字的后台人员，一个接一个抬头看着斯佩克特。"肯尼斯·法布里斯，那个穿盔甲的人，他要参加表演，自然一直都在后台，直到大约9点15才换上盔甲，进入板条箱。马克斯·图米，他也是参演人员之一，目前还不知道他在哪儿，但他之前和法布里斯、西德尼·德雷珀和助理玛莎一起打过牌。西德尼·德雷珀是舞台监督，负责所有道具和设备的布置。然后还有威尔·柯普，他是灯光师……"

"我一直在灯架上。"一个男人说着向他们走来。他是一个戴着鸭舌帽、满脸红润的胖子。

"别说傻话，柯普，"西德尼·德雷珀说，"你也打牌了。"

"哦，"柯普咳嗽了一声说，"是的，我知道。但是，表演开始之后，我一直在灯架上，没有离开过。你知道，我负责舞台灯光。这里除了我以外没人能做这件事。"

助理玛莎笑了，声音沙哑而温和。"别表现得这么心虚，柯普。没人怀疑你。"

"嗯，我的意思是……"柯普脸红了。

"也就是说，柯普先生，"弗林特说，"演出即将开始时，你在灯架上就位，而且一直待在那里。我记下了。那么，就剩下这场演出的主角，保利尼本人了。"

"上台之前我一直待在化妆间里。"保利尼说。

"你没有和其他人一起打牌吗?"

他不高兴地斜眼看了看聚集在一起的员工们。"没有，"他说，"我没有。"

"那么，"弗林特提高嗓门，对所有人说，"你们谁也没有在后台看到过死者吗?"所有人都摇了摇头。"太奇怪了，"弗林特喃喃自语，"一具尸体怎么会凭空出现……"

保利尼无视弗林特，一阵风似的走到斯佩克特面前。"约瑟夫，感谢上帝让你来了。这里被搞得一团糟。这些苏格兰场的小丑们把所有东西都踩了个遍，他们还扫荡了我的道具。我指望你能跟他们讲讲道理。"

"哦，"斯佩克特耸了耸肩说，"他们得做好自己的工作。从今晚台上的情况判断，这是一项艰巨的任务。"

"我就是想不通。我的意思是，他是从哪儿冒出来的？"

"他是从箱子里冒出来的，"斯佩克特说，"但他是怎么进箱子的就完全是另一回事了。告诉我，为了表演这个魔术，你们做了哪些准备工作？"

保利尼轻蔑地拍了拍手说："德雷珀。找德雷珀，他负责道具。我可以告诉你，演出前一切都井然有序，当时后台可没有藏起来的尸体。"

"你认识死者吗？"

"当然不认识。"

"真的吗？你以前从没见过他？"

"没有。但如果我见过又怎样？会让事情变得更简单吗？"

斯佩克特无奈地笑了："可能不会。"

当弗林特和斯佩克特与保利尼单聊时，艾布斯才意识到其他人都散了，只剩他一个人在台上。这样的机会不是每天都有的。他悄悄看向空无一人的观众席，从口袋里摸出一枚硬币，高高地抛向屋顶。当硬币开始往下落时，他打了个响指，硬币消失了。他想象着现场热烈的掌声，向不存在的观众微笑。这是他自己设计的魔术，却因为怯场从未当着别人的面表演过。

"如果我是你，我不会在保利尼面前献丑。"一个声音说。

艾布斯惊慌失措，硬币掉在了地上。他转过身，玛莎就站在他身后，正用讽刺的目光打量他。她的头歪向一边，一只手搭在臀上。她仍然穿着演出服装，这似乎让她的警告更具有杀伤力。从这时开始，她在他眼里不再只是舞台布景的一部分。她可能比他大几岁（三十出头？），看她的表情就知道，她有一种邪恶的幽默感。

"呃——是的，不好意思，真不知道我在想什么……"艾布斯试图理直气壮地掩饰自己的尴尬。

可她却笑出了声，情况似乎变得更糟了。"来吧，"她说，"一起喝杯茶。"

她领着他去了舞台后面，先进入侧台，再穿过让人晕头转向的后台走廊。舞台正后方的区域被一层幕布遮挡，因此观众看不见此处存放的五花八门的道具、服装，和其他见证了石榴剧院辉煌历史的行头。它们中间有身经百战的装了脚轮的钢琴，前轮大后轮小的旧式自行车，吞火表演者的火炬，用来把表演者拖走的曲柄杖，瞪着双眼、下巴缺失的腹语者人偶，各式真剑和仿真剑。还有各种各样的遗留物品，它们曾属于高跷舞者、皮影戏演员、杂耍演员、音乐家、逃脱术大师和在过去的岁月里来过这处神圣后台的其他表演者。

他们终于来到了一排化妆间外面。"到了，"玛莎说着打开了一扇门，"请随便些。"

她的化妆间很小，比壁橱大不了多少，但她似乎用得很舒心。她在便携式小炉子上烧了一壶开水，在茶泡好之前，她的注意力回到了艾布斯身上。

"现在，"她愉快地说，"也许你可以告诉我到底发生了什么。"

"我希望我能，"艾布斯回答，"可事实上我一无所知。我只是来这儿看魔术的。这是实话。"

"但是你认识那个死掉的家伙。"

"我今天早些时候见过他。我不知道他来这儿干什么，也不知道他怎么进了那个板条箱。"

"真神秘，"她说，"偏偏发生在今晚，鬼魂出没的时候。"

"鬼魂？你的意思是这里有鬼魂？"

"哦，每个剧院都有鬼魂。但我不是这个意思。当魔术师说'鬼魂出没'时，意思是发薪水。但我怀疑现在不会发了。"

"你为保利尼工作多久了？"

她淡淡地笑了笑，眼神变得忧郁。"很长时间了，"她边说边倒茶，"你对魔术很了解，对吧？"

"我学魔术有一段时间了。作为业余爱好者，你知道的。"

"你是保利尼的仰慕者？"

"是的。"

"那你最喜欢保利尼的哪个魔术？"

"我喜欢《助手的复仇》。"

"哦，"她轻声笑道，"跟我一样。"

"但必须承认，我一直没搞清楚他是怎么做到的。"

"是吗？那你一定没有读过《操纵大师》的那一章。"说到这里，她的语气变得有点尖刻。

"还没有，"艾布斯承认，"也许你可以提示我？"

她的笑容变得狡黠起来。"也许我可以。"她看了看四周，好像是在确保没人监视他们，"在《助手的复仇》中，被倒挂起来的人不是保利尼。"

"你说什么？"

她咯咯地笑了起来。"那是个替身。他吃力地攀上铁链，把自己的脚挂在钩子上，此时保利尼本人还在舞台中央念着台词。当观众看见保利尼消失在布帘后面时，他其实已经下台了，留我在台上为替身揭幕。"

艾布斯吃惊地说："但是……"

"别忘了，观众根本没见到脱困的保利尼。替身被吊起来，从观众的视线中消失了。观众只看到了倒挂在空中的人。我敢打赌，在耀眼的舞台灯光下，没有人能认出那个头朝下的人是个替身。所以你看，看似不可能做到的一步，也就是"倒挂"，恰恰是魔术成功的关键。整个过程只用了几秒钟，所以你根本没有机会细想。"

"我的确细想过，"艾布斯说，"却照样没有弄明白。"

"哦，"她耸耸肩说，"有些人就是想不到。"她开始用一块湿布卸妆。艾布斯看着她，眼神充满敬畏。

走廊里传来一阵嘈杂的声音。

"啊！"玛莎说，"说来就来。请允许我向你介绍，马克斯·图米。"话音刚落，保利尼走进了狭小的化妆间。不，这个人根本不是保利尼。在短暂的惊讶之后，艾布斯意识到有点不对劲。这个家伙迅速摘下了他的大礼帽，撕掉了胡子。

"你好。"他友好地说，虽然并不热情。他比保利尼瘦，秃顶，冷静下来再看，根本不可能把他认成那位大魔术师。艾布斯为自己这么容易就被骗而感到生气。

当他看着图米走向玛莎，用一条胳膊强硬地搂住她的腰时，他渐渐感到震惊和厌恶。虽然他把视线移开了，但在这个本就低矮闷热的房间里，他们的亲密接触还是让他浑身不自在。

玛莎毫不犹豫地拍开了他的手。"你到底去哪儿了？"她心不在焉地问，"我们其他人都在后台。连柯普都不情愿地从他的灯架上下来了。"

"我在外面的巷子里，"图米说，"抽烟。"

"哦，警察想和你谈谈。"

"这也不是第一次了。"图米叹了口气。然后他带着坏笑看着艾布斯，"女人……"他说。

突然，艾布斯迫切地想要转移话题，开口道："恭喜你，表演非常令人信服。"

"非常感谢。"图米不怎么热情地回应，走向镜子。艾布斯看着他开始卸妆，漫不经心地除去了精心设计的伪装。他摘下"秃顶"，露出一头银发。头发被弄得很服帖，外面戴上一顶肉色帽子，帽子上粘着一缕缕乌黑的头发，完美地刻画了保利尼本人对秃顶的绝望抵抗。

"看见了？"图米对着镜子说，"两个保利尼！我想你会同意，有一个就足够了。"

"你在这儿干什么，图米？"玛莎含糊地问，"你难道没有自己的化妆间吗？"

"我更喜欢你的，"他说，"毕竟，里面有你。"

艾布斯清了清嗓子。"太精彩了，"他说，"你知道，你真的一点也不像保利尼。"

图米大笑起来。"谢天谢地！说真的，这很棒，不是吗？很多时候，演出结束后，我去酒吧消遣，完全不会有人想到刚刚和他们打招呼的人是'保利尼'。"

"那是因为你不是保利尼，"真正的保利尼边说边匆匆走进本就拥挤不堪的化妆间，"除了保利尼本人，没有人是保利尼。"

"唉，别扫兴，"玛莎说，"我只是向艾布斯先生展示一些后台秘密。"

保利尼看她的眼神很危险，让艾布斯担心他可能要目睹更多的不愉快。好在最后魔术师克制住了自己。他咬牙切齿地说："为什么不呢？为什么不让全世界都来后台参观，反正我已经彻底完蛋了！那具尸体就是我棺材上的最后一颗钉子！"

"不要这么夸张，"图米劝道，"你不是总抱怨曝光度不够吗？至于那本书，我认为它会对你有所帮助，如果……"

"我不在乎。如果让我知道那个趁火打劫的人是谁……"

书？"你们在说《操纵大师》吗？"艾布斯插嘴道。突然间所有目光都集中在他身上。

"作为一个新手，你可能没遇到过这种事，"保利尼相当严肃地说，"但是泄露一个魔术师的秘密是极其严重的犯罪。"

"比谋杀还严重？"

"愚昧。今晚的事情让我丢了事业，那个傻瓜只是丢了条命而已。"

"啊，保利尼，"马克斯·图米说，"一如既往地富有同情心。正是这种温暖和魅力，吸引了从这里到廷巴克图①的观众。"

"闭嘴。现在，请你们都出去。"

在真正的保利尼进入房间后，玛莎一反常态地安静下来，这时她终于开口了："但这是我的化妆间！"

"我的化妆间被苏格兰场那群野蛮人弄得乱七八糟。现在，请出去。"

---

① 廷巴克图（Timbuktu），马里历史名城，在英语中指代遥远的地方。

图米、玛莎和艾布斯让出了化妆间。难道他们还有别的选择？"你得原谅他，"来到走廊里，玛莎说，"他只是为发生的事情感到不安。他满脑子想的都是那本书会毁了他。其实，并不会。我认为，如果这本书真会带来什么影响，那就是会让更多人坐上观众席，来检验自己能不能看穿魔术的秘密。"

"这就是艺术家的性情。"艾布斯说。

"只有你会这么称呼他。"图米说着，咯咯地笑起来。然后，他进了对面的一扇门，消失了——显然是他自己的化妆间。

艾布斯靠近玛莎，这样他们就可以私下里说话而不被别人听见。"图米先生从事这行多久了？"

"哦，在我的记忆里他一直……他还算可以。"

"他总是那样对你吗？"

"哪样？"

"像……"艾布斯用手做了个尴尬的手势，"那样。"

"哈！我明白你的意思了。是的，我想他是这样。这些天我没太在意。"

"他很有魅力，"艾布斯继续问道，"那保利尼呢？"

她微笑着看向他："我们可以不谈这个吗，埃德蒙？这不是我最喜欢的话题。"

"当然！当然。抱歉。"然后，他下定了决心，"玛莎？"

"嗯？"

"你认为今晚发生了什么？"

她耸了耸肩："我能知道就好了。不过，我可以告诉你什么没有发生。"

"请说。"

"嗯，首先，那个瓦尔加肯定没在演出开始前来过后台。我从大约五点钟起就在这里，离演出开始还有3个小时左右。我在化妆间里准备了一会儿，但大部分时间我都在外面和别人打牌。如果他在，我是会看到他的。"

"所以你认为瓦尔加是在演出开始后来到后台的?"

"不然的话，我不知道他怎么能在不被我们发现的情况下进来。"

艾布斯点点头："我大约5点钟在老贝利见过瓦尔加。"

"什么?"

"我今天下午去了老贝利。我发誓，我见到了瓦尔加。还有一个问题，玛莎，你听说过博伊德·雷米斯顿这个名字吗?"

"博伊德，雷米—斯—顿，"她大声念出来，"没有，绝对没有。这是一个有趣的名字，如果听过，我应该会记得。"

"多米尼克·迪恩呢?"

"多米尼克·迪恩。他不是那个在摩天轮上被杀的银行经理吗? 我记得保利尼谈起过他。"

"就是他。那么你从来没见过他?"

她笑着回答了这个荒谬的问题："没有。坦白说，我不知道你在想些什么。"

"那么你也从来没见过他的妻子? 卡拉·迪恩?"

"她是开枪打死他的人，对吗? 不，我不认识她。"

"那泰特斯·皮尔格里姆呢?"

这个问题让她沉默了。

"玛莎? 你还好吗?"

"你不会想和泰特斯·皮尔格里姆打交道。"

"你认识他吗?"

"我知道他。问够了吧,十分感谢你。"

"你见过他吗? 他来过石榴剧院吗?"

"我要去抽支烟。"玛莎尖锐地说着,走向后门。她没有邀请艾布斯。

第六章　照演不误

艾布斯漫无目的地在后台待了一会儿，朝有人说话的地方走去。他从西德尼·德雷珀和肯尼斯·法布里斯身边经过时，他们正在低声交谈。德雷珀看上去相当紧张，肩膀耸到了耳朵边上。法布里斯脱掉了盔甲，看起来毫无英雄气概。艾布斯决定不去打扰他们，而是朝剧院后门走去。但他还没走到门口，就看见斯佩克特、弗林特在和一位坐在小隔间里的老人谈话。

"你好，阿尔夫，"弗林特愉快地说，"现在开始问话，我会尽可能长话短说。尸体被发现的时候你在哪里？"

"这里，我一直在这里。"

"那么，整个演出期间你都在？"

"是的，而且演出之前也是。我可以告诉你，不经过我的允许，没有人能从后门进来。"

"那么东西呢？"斯佩克特问道，"特别是板条箱或柜子之类的，任何能藏下一个人的东西。"

阿尔夫毫不迟疑地说："对于这样的东西，我都会仔细察看。我需要弄清楚在我的允许下进入这栋建筑的东西是什么。老板提索尔先生给了我这项权力。"

听到提索尔这个名字，斯佩克特的脸上露出一丝微笑。"本杰明·提索尔，好久没听到这个名字了。你应当还记得他吧，弗林特？"

"是的，里斯案①。他显然不在国内。"

"在南法，我明白，"斯佩克特说，脸上仍然带着微笑，"为了他的健康，可怜的孩子。不过，在他缺席期间石榴剧院表现得这么好，我相信他知道了一定很高兴。他可是下了不少功夫呢。"斯佩克特的话里充满了讽刺。

"不会跟那几个合唱团姑娘的投诉有关吧？"

"我无可奉告。"

"嗯——好吧，我听过关于本杰明·提索尔先生的各种谣言。看来他喜欢盯着剧院的表演人员，盯得很紧，你应该知道我的意思。"

"像本杰明这样的好色之徒在剧院里不少见。财大气粗，却又害怕丑闻。"

"嗯，我有可靠的消息说他是个偷窥狂，可惜没有证据。不过他公司的女士们都对他敬而远之。"

"明智的选择。"斯佩克特说，"说实话，要是知道他今晚会出席，我是不会来看演出的。"

"好吧。"弗林特的注意力回到了看门人阿尔夫身上，"有办法在不被人看见的情况下进入后台吗？"

"还有另外两条路可以进后台。一条是穿过吧台，但那里有观众，所以没有人可以走那条路而不被看见。另一个入口是防火门，但是防火门不能从外面打开，只能从内部打开。所以说没人能在不被看见的情况下进入后台。"

---

① 关于里斯案，详见《死亡与魔术师》。——原书注

弗林特点点头，把这些都记了下来。"很好，这很有用，阿尔夫。所以你根本没在后台看到过瓦尔加。现在，能告诉我你看到过谁吗？"

"嗯，演出前，保利尼在他的化妆间里，德雷珀、法布里斯、图米、玛莎和柯普大部分时间都在打牌。"

"有人中途离开吗？"

阿尔夫想了一下，说："德雷珀去接了个电话，大约五分钟，或者十分钟。玛莎离开了一会儿，去为演出做准备。法布里斯、图米和柯普差不多一直在。"

"那么在演出期间呢？"

"图米先帮德雷珀布置道具，接着上台表演了《助手的复仇》。之后他时间自由，就过来陪我。我们玩了惠斯特①。"

"法布里斯呢？"

"他去穿盔甲了，为板条箱魔术做准备。德雷珀在附近，我没怎么看见他。柯普在控制舞台灯光。"

"尸体被发现时图米和你在一起？"

"是的。"

"很好，谢谢你，阿尔夫，我不再占用你的时间了。啊，"弗林特看见了艾布斯，"艾布斯先生，你也加入我们吧？你对整件事有什么想法？"

"什么都没有，我脑子里一团乱麻。"

"然而，"斯佩克特说，"我认为你的观察可能很重要。你是目击者。我倾向于把这样的犯罪——复杂的骗局——看作魔术。和我

_____

① 一种纸牌游戏。

73

们共同的朋友保利尼不同，如果能达到我的目的，我不会为揭露魔术的秘密而感到内疚。"他补充道："不要误解，保密的确是魔术师最有用的工具。当然，丝帕也是。可一个精妙的魔术就像一件艺术作品，应该说，就是一件艺术作品。有时候观众需要对表演方法进行敏锐的分析，才能充分欣赏魔术师纯熟的技艺。"

"斯佩克特先生，"艾布斯突然灵机一动，"你是安妮·L.苏拉扎尔博士吗？"

斯佩克特仰头大笑起来。"恐怕不是，"笑完后，他说道，"我不确定我是否有写完一本书的耐心。"

"什么书？"弗林特好奇地问。

"《操纵大师》，对于艾布斯先生这样的年轻魔术师来说，就像《圣经》。这本书讲的是魔术史，但也是一本指南，告诉你如何重现舞台幻术。它几乎解构了保利尼的所有魔术。更神秘的是，没人知道这本书的作者是谁。"

弗林特有了一个主意："你觉得这本书能告诉我们板条箱魔术是怎么回事吗？"

"好问题，但愿我知道答案。"

"那么，你有这本书吗？"

斯佩克特点点头："今天早上刚收到，我还没来得及翻开呢。你要知道，这本书刚出版。我想保利尼应该也有一本。如果你认为有必要，我们可以去他的化妆间找找看。"

"嗯，总比什么都不做要好。目前也只有这一条线索。"他们原路返回，经过玛莎和图米的化妆间，来到走廊另一端。实际上，保利尼的化妆间与玛莎的化妆间相隔两扇门，门上画了一颗粗糙的银色星星，以示区分。

"啊，"斯佩克特说，"我就知道保利尼会挑最大的化妆间。"

他们到时，两个"野蛮人"（保利尼这样称呼他们）刚刚结束搜查。

"干得好，伙计们，"弗林特说，"有发现吗？"

"没有，长官。"

"既然如此，为什么不去查一查舞台上方那条通道？那里应该是我们唯一还没检查过的地方。"

一直在门口徘徊的西德尼·德雷珀说："我们管那里叫阁楼。"

弗林特没有理会他。"屋顶呢？那儿有发现吗？"

"恐怕没有，先生。我们试了十分钟都没进去，天窗生锈了，根本打不开。"

"那么屋顶这条路走不通喽。"

"看起来是这样的，先生。"

"好吧，你们走吧。"

两个警察顺从地消失了。

大明星的化妆间大约比玛莎的大一倍，四方形，杂乱无章。里面有各种盒子和篮子、一面大镜子、一个角落里的水槽，还有一个宽大的衣柜。墙壁刷成了深红色。整个房间通风不良，又闷又热。房间的磨砂玻璃窗就像天窗一样锈迹斑斑，还有点不协调地在外面装了铁栅栏。天花板低得令人不适，高高瘦瘦的斯佩克特走进去时差点撞到了头。

"好大的化妆间……"艾布斯说。

"不奇怪，"斯佩克特说，"据我所知，这个房间是为合唱团女孩们设计的，成员不少于八人。"

"啊。"弗林特说，他发现了一个摆着几本书的小书架。没等他走过去，保利尼就冲进了房间。

"感谢上帝！"他说道，"终于到了避难所！当我在国外的时候，我梦想着回到英国。我只能用英国报纸来提醒自己，在君权统治下，这座岛屿上仍然有文明存在。现在我回来了，却发现这里是嗜血杀人犯的天下！"他紧紧抓住门框，好像松开就会没命一样。"水，快给我水。"他看起来像快晕倒了。当发现没有人给他递水时，他暗自抱怨起来，然后走向水槽，拿玻璃杯心不在焉地接水，直到水溢出来淋湿了他的袖口。他又开始了新一轮的抱怨。"毫无疑问，"他宣称，"这是我一生中最糟糕的夜晚。这种时候，我真想呼吸新鲜空气。但开窗只是白费力气，它已经被铁锈封死了。"

"铁栅栏加生锈吗？"斯佩克特嘲讽道，"说真的，亲爱的教授，有人很不想让你离开这个房间啊。"

肯尼斯·法布里斯在门口徘徊。在化妆间昏暗的灯光下，他看起来特别虚弱。"喂，振作起来。"他对保利尼说。

"闭嘴！这是一出阴谋，有人对我不怀好意。"

"如果是这样的话，"法布里斯继续说，"你不觉得躺在舞台上的会是你，而不是另一个可怜人吗？"

保利尼沉默地喝着水，拿着水杯的手在不停地颤抖。

"外面的铁栅栏，"弗林特边说边研究着窗户，"让这里变成了某种监狱。"

"这个剧院里的每个房间都是牢房，"斯佩克特说，"你去问问那些演员就知道了。"

"都是一样的，"法布里斯插话，"这里的窗户外面都装了铁栅栏。有一个老故事：大约在 18 世纪末，莱斯特·里昂，也就是石榴剧院的创始人，他邀请了著名演员伊卡伯德·弗农爵士来剧院演出。弗农是个大酒鬼。莱斯特·里昂不想让弗农在演出前跑出去喝个烂醉，保险起见，他给所有化妆间的窗户都装上了铁栅栏。"

"但是我记得，"斯佩克特说，"伊卡伯德·弗农还是喝醉了。"

"是的，很奇怪。弗农当时饰演哈姆雷特，那是他64岁时候的事。莱斯特·里昂不允许他在演出前喝醉，所以让他待在明星化妆间里（窗户已装有铁栅栏）。他还派了两个大块头守门。总之，他不想冒险。演出快开始时，莱斯特亲自去看望大明星，却发现他仰面躺在地上，醉得不省人事。没人知道他是怎么喝醉的。"

"是的！"斯佩克特咧嘴一笑，"这是一个发生在老剧院的精彩故事。没有人能进出的化妆间——名副其实的密室之谜，尽管无人死亡。不过谜底却没那么精彩。莱斯特·里昂一心想着阻止伊卡伯德·弗农出去买醉，却忽略了酒被送进来的可能性。门口有人守着，小巷里却没有。大明星的朋友就是在那里把酒一瓶又一瓶地递给他的。"

随着玛莎和西德尼·德雷珀的加入，化妆间变得拥挤起来。艾布斯不擅长猜年龄，但他认为德雷珀应该在70岁上下。他的脸非常不协调和丑陋，以至于你会觉得他在做鬼脸。艾布斯长大的社区就是由这样的老人管理——他们努力工作，直到死去的那一天。两条浓黑的眉毛像两股黑烟从他的前额上升起，除此以外他的整张脸是凹陷的、苍白的。他的颧骨像剃刀一样锋利，下巴很长。他的眼睛幽暗深邃，整个人看起来就像一棵饱经沧桑的树，熬过了一千个冬天，也许还能再熬一千个冬天。他握手时很用力，拇指上凸起的一块骨头摸起来很不舒服——让艾布斯头皮发麻。他还有一个肥大的鼻子和一对招风耳。由于他个子矮小，无论是脑袋还是五官，看起来都大得有点夸张。他用电锯一样刺耳的嗓音说："我需要和保利尼谈谈。"

"天哪，"保利尼咆哮道，"没完了是吗？说吧，伙计，说吧。"

"我们需要为明天做打算。"

"你指哪方面？"

"演出很叫座，你打算取消吗？"

"取消？当然不会。不管有没有尸体，照演不误。从某种程度上说，这是一件大好事，能让人们不再关注那本破书。"

"对，"德雷珀说着准备离开，"我早该料到，一场谋杀对你而言只会给演出加码。我会通知前台。"

"啊，等一下！"保利尼喊道，"哪儿也别去。弗林特探长，你审问过这个人了吗？我有理由相信，他就是整场悲剧的罪魁祸首。"

德雷珀极其震惊。"你真是疯了。我这辈子从来没见过那个死人。"

"别撒谎，德雷珀。"

"我可不喜欢被当成骗子。别以为我是个老头，就不能给你好看。所以你要放尊重一点，明白吗？"

"好吧，"保利尼维持着最后一丝尊严说，"我还有事要处理。"他自言自语地离开了房间。

"那么，玛莎，"斯佩克特说，"你能告诉我们，那个箱子戏法的原理吗？"

"你问错人了，你明白的，"她笑着说，"我只是个助手。助手不值钱。"

斯佩克特微笑着说："你我都知道这不是事实。没有助手，魔术师什么都不是。"

"好吧，我尽力而为。"她清了清嗓子说道，"板条箱魔术的诀窍在于箱子本身。保利尼先打开后门，然后打开前门，这样一来，观众就能把箱子内部看得一清二楚。但观众看不到的是，后门里侧有个小壁架，因为后门总是先打开的。穿着盔甲的肯尼斯·法布里斯就站在壁架上。西德尼把他的腿绑在门上，使他不会失去平衡。当另一套盔甲被放到箱子里时，保利尼先关上前门，随后再关上后门，因此观众连肯的影子都没看到。这个魔术的思路在于让肯和整套空盔甲换位置，当门再次打开时，他会活蹦乱跳地从板条箱里走出来。观众会以为箱子里的盔甲活过来了。

"当然，实际发生的情况是，板条箱的转动导致盔甲散架，里面的尸体也脱离了束缚。所以，当保利尼再次打开板条箱时，里面的东西都倒在了舞台上——也包括那具尸体。"

斯佩克特双手指尖相抵，若有所思："这样一说，尸体的出现就更加难以解释了。你和保利尼都不知道法布里斯不在板条箱里吗？"

她摇了摇头："哦，我不知道保利尼的情况，但是从我在舞台上的位置，是看不到箱子后门内侧的壁架的。所以我想当然地认为肯就在那里。"

"我不知道该说什么，"德雷珀说，"是我亲自把法布里斯藏进去的。然后我把板条箱推到指定的位置，等玛莎来到侧台，把它推走。在此期间，它从未离开我的视线。"

弗林特似乎想到了什么。"不过在此之前，只有你接触过板条箱？"

德雷珀皱起眉头说："你在暗示什么？"

弗林特笑了笑，说："没什么。只是，如果有人在板条箱上台前做了什么手脚的话……"

板条箱魔术（Ⅰ）
（俯视图）

观 众

　　"那只能是我或者法布里斯。好吧，我只能告诉你，不是我。也不可能是法布里斯。他穿着那套盔甲，几乎不能动弹，更别说鬼鬼祟祟地转移尸体了。"

　　"另外，"斯佩克特说，"还有那三只护手的问题。"他把双手背在身后，开始踱步。"德雷珀先生，你认识米克洛斯·瓦尔加吗？"

　　"我这辈子从来没见过他。"

　　"你呢，玛莎？"

　　她摇了摇头。

　　"德雷珀先生，你是保利尼在石榴剧院的舞台监督。你具体的职责是什么？"

德雷珀耸了耸肩说："他们叫我沙包人①。我现在老了，不再抱有幻想，有多少力就出多少力②。这是个累活，但总得有人做。"

"当然。"

"嗯，他们请了一些年轻小伙子来给我打下手，你猜怎么着？没有一个人能待满一个月。"

"瓦尔加被发现的时候你在哪里？"斯佩克特犀利地问道，瘦削的、布满皱纹的脸上没有任何表情。

"后台。"

"后台哪里？"

"右边侧台有一个角落，我平常在那里喝茶。那儿有一张我们玩牌的桌子和一盏小灯。"

"这么说，如果有人在演出期间溜进剧院，你肯定能看到？"

"我得说，可能性相当大，是的。"

"那么尸体是怎么进来的？"

"嗯，我猜木箱被调换了。保利尼的所有道具都有备用的，我想肯尼斯·法布里斯所在的木箱被推到了一边，装尸体的备用箱被推上了舞台。"

弗林特皱着眉说："怎么可能发生了这种事，而你却没注意到？"

德雷珀又耸了耸肩，说："的确不可能。"

斯佩克特若有所思地说："好吧，谢谢你，德雷珀先生。"

德雷珀点点头，离开了。

---

① 原文 sandbag man，既指搬运沙包的人，也指为了重创对手而暂时隐藏实力的人。

② 原文 I call a spade a spade. 字面意思是"管黑桃叫黑桃"，引申为"据实相告"，此处根据中文语境作了转化。

"你怎么看，斯佩克特？"弗林特说。

"我认为，"老魔术师说，"到目前为止，我们忽略了一个关键角色。也就是受害者。我们对米克洛斯·瓦尔加究竟了解多少呢？"

"嗯——"弗林特翻着他的笔记本，"法医验了尸，所以我可以告诉你死因。他是先被钝器打击，失去了行动力，然后被一根绳子勒死的。"

"明白了。你知道，他和摩天轮案之间的联系让我很在意。但我老了，记忆力大不如前。你能帮我回顾一下多米尼克·迪恩案的细节吗？以便打开局面。"

"哦，那好吧……在戈尔德斯格林的游乐场，一对夫妻登上了摩天轮。当他们转到最高处时，人们听到了一声枪响，接着传来妻子的尖叫。当客舱回到地面时，丈夫已被近距离射杀。手枪在妻子的手里。她声称枪是自己从客舱地板上捡起来的。"

"他的妻子否认了全部指控？"

"是的。但是丈夫衬衫上的灼烧痕迹表明，开枪时枪管就抵着他的肚子。"

"那把枪本身有问题吗？"

"哦，毫无疑问，子弹就是那把枪发射的。上面有两组指纹，丈夫和妻子的。这说得通，因为枪是那位丈夫的。"

这时，艾布斯忍不住插嘴道："一把纳甘 M1895。"

"他从哪儿弄来的？"

"我不知道。"艾布斯回答，这是实话，没有人知道，"不过，从一开始，每个人都认为迪恩谋杀案简单明了，我却不这么认为。"

斯佩克特眯起了眼睛说："你认为她在保护什么人？"

"有可能。我只是不明白，为什么一个妻子会这样做——在自己是唯一嫌疑人的情况下枪杀自己的丈夫。"

"那么你认为她在保护谁呢？"

"没有谁。至少，我还没有找到这样的人。"

"那就只剩下那位丈夫了。"弗林特探长说。

"你是说自杀？但是为什么要朝自己的肚子开枪？这可是一种非常痛苦的死法啊。"

"嗯。"斯佩克特抓了抓下巴，"多米尼克·迪恩是……一名银行经理，对吗？"

"是的，他在戈尔德斯格林的一家银行工作。在他被谋杀前两周，这家银行发生过一起暴力抢劫案。我觉得这两起犯罪是相关联的。"

听到这里，斯佩克特睁大了眼睛，眉毛随之拱起来。"是吗？这就是一串面包屑①啊。快告诉我银行抢劫案的所有情况，我之前恐怕没有留意。"

艾布斯长话短说："据说劫匪是三个男人。至少，有人目击三个男人在抢劫发生后上了一辆货车。"

"三个人？"

"只有三个。"

"呃，通常情况下，作案的抢劫团伙至少应该有四名成员。"

"我的推测是，这个团伙收买了迪恩，想从他那里得到内部消息，以便顺利进入银行和金库。"

"却出了问题。"这不是一个问句。

---

① 原文 a trail of breadcrumbs，出自格林童话《汉赛尔与格莱特》，此处意为指引方向的信息或证据。

"是的，出了问题。有个值夜班的保安撞见了他们。他们把他打死了。"

斯佩克特摇了摇头，啧啧感叹："哦，天哪！"

"所以抢劫变成了谋杀。我认为，多米尼克·迪恩对那个保安的死感到内疚。他声称要去报警。那伙人别无选择，只能杀了他。"

"这是一番有趣的推理，艾布斯先生。但为什么一个被内疚折磨的人——正如你所假设的——要让其余人知道报警的计划呢？他当然清楚那帮强盗的手段，他们简直惨无人道。"

"我从迪恩的同事那里打听到，他前段时间变得越来越多疑。他的精神似乎不太正常。"

"他的妻子呢？她对你说过差不多的话吗？"

"没说这么多。不过，我猜他们相处得很不融洽。她措辞很谨慎，知道稍有疏忽就会给自己惹麻烦。"

"嗯，听起来她是位有趣的女士。可以的话，我想见见她。"

"改天吧，"弗林特打断了他，"现在更要紧的是刚刚在七百人面前发生的谋杀案。"

"首先，让我们澄清一点，"斯佩克特说，"观众并没有看到谋杀发生，不是吗？他们看到的是一具尸体。这不是一回事。不要忘记，魔术师的本领就是利用'认知差距'，即大脑先天就有的把不同实体视为一个整体的感知能力。一个未受训练的旁观者可能会告诉你，一具尸体等于一场谋杀。但我们知道得更清楚，不是吗，先生们？"

弗林特看起来很恼火。"走吧，"他说，"我要问图米几个问题。看门的阿尔夫说，事情发生时他们一直在打牌。"

与马克斯·图米的简短交谈完全印证了阿尔夫的说法。他早早地结束了在《助理的复仇》中的表演，下台之后就和阿尔夫在后门旁的隔间里打牌。尸体被发现时，他们也还在打牌，后来这里就乱成了一团。弗林特满意地把这两个人从名单上划掉了。

"好了，图米先生，我想你已经交代清楚了，至少目前看来是这样。"

"那我可以走了吗？"

"可以，图米先生，但不要出远门，我们明天可能还要找你。"

"那我呢？"阿尔夫问。

"哦，阿尔夫，去睡一觉。明天早点到。"

阿尔夫和图米交换了一个眼神，一言不发地离开了。

"那我们现在怎么办？"艾布斯问。

"我们现在有了几条不错的线索，"弗林特说，"不过，艾布斯先生，你最好让我和斯佩克特继续工作。"

艾布斯看向老魔术师，后者只是无奈地耸了耸肩。年轻律师受到责备，只好溜之大吉。

然而，他刚离开化妆间，就看见了一件有趣的事情。是保利尼，他在用走廊里的电话——德雷珀在演出前的牌局中也用过这部电话。艾布斯谨慎地靠在墙上，避免被魔术师发现。

"找摩根，安德鲁·摩根。"保利尼把听筒紧紧地贴在耳边，用刺耳的声音催促道。艾布斯尽可能地靠在墙上，竖起耳朵偷听。

"摩根，"保利尼厉声说，"你到底在哪儿？我知道你回办公室了。我要问的是，你到底为什么不按我们说好的来，为什么不在这里？我不管台上有多少具尸体，这不是你玩消失的理由。不。我不在乎。我要你现在就回来。"最后这句话充满了恶意。

"我们的交易还没结束。你难道不明白吗？我知道是谁干的。"

保利尼说完，砰的一声放下听筒，在艾布斯溜走之前转过身来。

艾布斯不得不随机应变："很抱歉打扰你。我知道这对你来说是一个难熬的夜晚。"

保利尼哼了一声，但什么也没说。

"我……我只是想告诉你，我很欣赏你的魔术，真的。甚至我自己也学起了魔术。当然，都是些小把戏，是对你的拙劣模仿，但我乐在其中。"

保利尼仍然像斯芬克斯一样无动于衷，显然在揣测艾布斯听到了多少。

"哦，"艾布斯坚持说，"我一直在镜子前练习单手切牌。你知道，单手……"

"我知道什么是单手切牌。"保利尼说。

"当然。总之，我就是掌握不了窍门。恐怕是我的拇指有一点短，不知道你能不能……"

"你想让我演示？"

"可以吗？如果可以那真是太好了，教授……"

保利尼眯起眼睛，脸上露出了刻薄的微笑："不，不可以。如果你还想活命，就离我远点。"

艾布斯欣然照做。接下来，他瞅准时机，吸引了弗林特和斯佩克特的注意。"弗林特探长，我能和你说几句话吗？"

弗林特喷了一声问："什么事，艾布斯？"

"我想最好告诉你，我刚才听到了一些东西，可能有用。"

"哦，是吗？是什么？"

"保利尼刚才在和一个叫摩根的人通电话。"

"摩根？谁？"

"我不知道，但他们吵得很厉害。听起来，这个叫安德鲁·摩根的人今晚本应该出现在剧院里。他们之间存在某种交易。不仅如此，保利尼还声称知道是谁杀了瓦尔加。"

"什么!"

斯佩克特插话说："如果我是你，弗林特，我不会对此产生过高期待。保利尼有说大话的习惯。"

"尽管如此，我很难放弃这样的线索……"

"在我看来，"斯佩克特说，"这个叫摩根的家伙更有趣。"

"摩根，"弗林特若有所思地重复着这个名字，"虽然信息不多，但可能有用。艾布斯先生，你做得很好。"

"你打算去问保利尼吗?"

"别急，我们不能过早摊牌，你说呢?"

艾布斯把这当作一种拒绝，默默地离开了。他一生中从未如此困惑，如此迷惘，如此不知所措。

艾布斯没有立即察觉到，在昏暗的、静悄悄的走廊另一端，有一个人影。然而地板的嘎吱声缓缓传来，把他的注意力拉回了现实，让他看到了一个邪恶的影子。那是一个男人，在昏暗的灯光下只能看到模糊的身形。

"喂?"艾布斯喊了一声，他心中不安，听到自己的声音有点卡在喉咙里，"谁在那儿?"

那家伙向前迈了一步。他长得又高又壮，裹着一件厚大衣，戴着一顶圆顶礼帽。他的眼珠微微凸出，使他的表情近乎狂热。但是当他说话时，声音却很柔和，还带点孩子气。"就是你啊。"他说。

下一刻，他猛地冲向艾布斯，动作快得像在滑行，并且伸出了利爪一样的双手。艾布斯想说什么，但是还没出声，这个家伙的手就掐住了他的脖子。他听到自己在吸气，那是一种绝望的、断裂的声音。他眼前闪烁着一片白光，那人的脸若隐若现。不管怎样，艾布斯清楚地在那双圆鼓鼓的眼睛里看到了疯狂。

第七章　前夫

女人的尖叫声唤回了艾布斯渐渐消失的意识："内德！你在搞什么鬼？"

大个子迅速松开了律师的脖子。艾布斯随之跌坐在地上，这让他感到很尴尬。玛莎赶忙来到他身边，帮他掸去身上的灰尘，扶他站起来，同时不停地责骂那个对他动手的恶棍："内德！你真是个十足的傻瓜！我简直不敢相信——你真的以为他是图米吗？你仔细瞧瞧，他看起来像图米吗？这是可怜的耐布斯先生，他只是来看演出的！"

艾布斯艰难地清了清嗓子，用嘶哑的声音说："是艾布斯。"

内德立刻愧疚起来。"我很抱歉，"他嘟哝道，"希望你伤得不严重。"他伸出一只手，艾布斯往后缩了一下才握上去。

"我叫内德·温切斯特。"

"幸……幸会。"

玛莎啧啧道："唉，你们两个，都来我的化妆间吧。"

当他们穿过走廊时，艾布斯看清了袭击者的长相。他那异常宽大的身体几乎占满整个走廊，相比之下，他的头显得极小。他的头发很浓密——至少比艾布斯浓密——他的鼻子是歪的，明显受过伤。除此之外，他还算英俊，半眯的眼睛让人觉得他要么极其迟钝，要么十分敏锐。此时，内德的神情变得和善。他摘下了圆顶礼帽，恭敬地用双手拿着，仿佛在参加礼拜仪式。

来到化妆间，玛莎让艾布斯坐下来，为了安抚他，她还答应再为他泡一杯茶。"这家伙是谁？"艾布斯问道，"是你哥哥吗？"

玛莎尖着嗓子笑了几声，看向微笑着的温切斯特。"他做的事确实更像我的兄弟，但实际上，艾布斯先生，内德是我的丈夫。"

如果这时艾布斯正在喝茶，他一定会把茶喷得满地都是。"丈夫？"

"应该说，是前夫。不过他表现得像我的兄弟，你不觉得这很奇怪吗？"

艾布斯并不觉得这有多么反常。不过，她曾结过婚这一点让他有些反感。他在伯克郡的乡下长大，据他所知，玛莎是他遇到的第一个离婚女人。他瞥了一眼温切斯特，后者对他眨了眨眼睛。

"内德愚蠢地认为他是我的守护天使，"玛莎解释道，"他自以为能随时从天而降，为我排忧解难。年少无知的时候，我以为他是个英雄。现在我意识到，他只是个善良的白痴。不是吗，亲爱的？"

"亲爱的，你说是就是。"温切斯特腼腆地笑了笑。

弗林特和斯佩克特敲响了更衣室的门，他们无疑是为刚才的骚动而来。西德尼·德雷珀也在。

"这位是谁？"弗林特问。

"内德·温切斯特，"玛莎毫不犹豫地说，"对不起，探长，我之前对你撒了谎。演出前，我把内德从防火门放了进来。他一直都待在后台。"

弗林特气得脸色煞白。"所以……谋杀案发生的时候他也在这里？"

"是的，"玛莎说，"我想他在。"

"等一下，"温切斯特说，"什么谋杀案？"

"哦，"弗林特说着走进化妆间，"内德·温切斯特，我知道这个名字，我猜我的同事们都认识你吧？"

温切斯特踱着步子，一脸懊悔地说："我过去是做过一些错误的决定，弗林特先生，但都是过去的事了。我对谋杀案一无所知。"

"真的吗？你敢肯定？可是在我看来，你现在就做了一个非常错误的决定。说吧，你今晚为什么来这里？"

短暂的沉默过后，内德回答："来看演出。"

"从后台看？"

"好吧，我不是来看演出的。我来找图米。在他毫无防备的时候找上他。"

"图米？保利尼的那个替身？你找他做什么？"

"我想……"他一屁股坐在梳妆台旁边的另一把椅子上，"我想让他离玛莎远点。他一直纠缠玛莎，说爱上了她。对吗，玛莎？这件事让她很不爽，她一点也不喜欢他。她把这件事告诉了我，所以我决定修理一下图米。"

斯佩克特发问："如果我说错了，请纠正我。你刚才是把年轻的艾布斯先生认成图米了，对吗？"

"嗯，我不知道图米长什么样。我从来没见过他本来的面貌，他总是扮成保利尼。"

"很好。那让我们从头说起，你什么时候到剧院的？"

"应该在 7 点半左右。"

"玛莎让你进来的。"

"是的。"

"好吧，"弗林特说着，抓住温切斯特的胳膊，"跟我来。我有一两个问题要问你。"他把他押去了外面的走廊，狡黠的斯佩克特跟了上去。

"请不要伤害他，"玛莎说，"这都是我的错。"她看了看艾布斯，又看了看德雷珀，然后咬了咬嘴唇。"天哪，我需要再来一支烟。"她侧身离去。房间里只剩下艾布斯和一脸茫然的西德尼·德雷珀。老舞台监督叹了口气，摇了摇头。

"她是个深藏不露的人，会把牌贴在胸口不让任何人偷看，希望你能明白我的意思。"有那么一刻，艾布斯的脑子里浮现出玛莎的胸口，他感觉自己脸红了。

"你知道她有过一个丈夫吗?"他假装漫不经心地问。

"丈夫? 恐怕我是知道的。可怜的老内德，一个笨蛋。我对他很了解。不瞒你说，他是我的侄子。"德雷珀笑起来的时候——就像现在这样——总是会露出一排整齐洁白的牙齿，完美得不像真的，令人印象深刻。"那孩子打小就不聪明。在他很小的时候，我带他去马盖特码头的游乐场玩。记得有一次，他一头撞上了镜子迷宫里的玻璃。在玩打椰子游戏的时候差点打瞎别人的眼睛。不过钩鸭子游戏他玩得不错，你……"

艾布斯竖起一根手指示意噤声，把耳朵贴在门上，正好听到三个人离开的脚步声。他尽可能轻地拧动门把手，溜进了走廊，留德雷珀一个人在化妆间里。他跟着那三个人，朝剧院后门的方向走去，始终谨慎地保持着一段距离，远远地看到弗林特把温切斯特安置在空出来的隔间里。

弗林特来回踱着步。斯佩克特却纹丝不动，他当然已经发现了艾布斯，但明显认为当下不适合打招呼。

在一阵紧张的沉默之后，弗林特开口了。"所以你在演出开始前就到这儿了?"他质问道。

内德·温切斯特低下了头:"是的,警官。"

"演出期间也一直在?"

"是的,警官。"

"在哪个位置?"

"我在玛莎的化妆间里待了一会儿。到表演开始,四下无人时,西德尼·德雷珀把我叫了过去。他是我叔叔。之后我们就在后台打牌。"

"啊哈,事情越来越复杂啦。这么说你叔叔也知道你在这里。"

温切斯特点了点头:"我告诉他我来找图米。西德叔叔很担心,开始劝我不要做傻事。我告诉他,我只是想跟图米谈谈。他给了我一杯威士忌,我们聊了一会儿。"

"你在后台见到别人了吗?"

温切斯特又点了点头:"见到了几个。肯尼斯·法布里斯,我看见他进了板条箱,穿着一套盔甲。然后是威尔·柯普,那个灯光师……"

"那个灯光师,难怪他之前看起来有些紧张,"弗林特给了斯佩克特一个嘲讽的眼神,"那瓦尔加呢?"

"瓦尔加是谁?"

"死者,这一切都跟他有关。"

"我从没听说过他。"

"没有?跟我来。"

弗林特带着温切斯特沿着走廊往回走,然后从舞台右侧大步走上台,来到那一团毫无生气的东西旁边,上面盖着一张脏兮兮的布。弗林特跪下来,掀开盖布的一角,露出了米克洛斯·瓦尔加的遗体。

"你以前见过这个人吗?"

温切斯特张大了嘴:"我见过。"

"你见过? 什么时候?"

"演出开始前十分钟左右……"

"他当时在哪里? 在后台?"

"不是,他在外面的街上。"

"后门外面?"

"不是。是我进来时走的那扇防火门外面。玛莎和西德叔叔在为开幕做准备时,我把门打开了一会儿,抽了支烟。后台是不允许抽烟的,因为那里有很多易燃的东西。就在我正要关门的时候,这个家伙从人行道上冲了过来。他让我放他进来,说他是演出人员,要迟到了。所以我就让他进来了,他连声谢谢都没说就一溜烟跑了。"

"他跑去哪儿了?"

"不知道。没看到。"

弗林特把这些都记了下来:"所以是你让他进后台的。"

温切斯特点了点头:"但我向你保证,我见到他的时候,他还活着。我本来以为他是还没换装的图米。可他一说话我就听出了外国口音,而图米是伦敦人。所以我知道,这家伙不是图米。"

"关于泰特斯·皮尔格里姆,你知道些什么?"弗林特问。

温切斯特全身都绷紧了:"弗林特警官,我早就不跟那些家伙打交道了。"

"我没问这个。"

"我只见过他几次,那是两年前的事了。那段时间我过得很糟糕。"

"多米尼克·迪恩呢?"

"谁?"

"你从来没听说过他?"

温切斯特摇了摇头。

约瑟夫·斯佩克特终于加入对话。他之前一直像个面容枯槁的预言家,沉默地观察着。他走到舞台上,说:"那你听说过博伊德·雷米斯顿吗?"

温切斯特皱眉苦想,然后说:"不,没有。你是谁呀?"

"这位是约瑟夫·斯佩克特,"弗林特说,"你要尊重他。"

斯佩克特和气地笑了笑:"你还好吗,温切斯特先生?我听说你和年轻的艾布斯先生起了冲突?"

温切斯特瞥了一眼从侧台走出来的艾布斯:"嗯……是的,哦,那完全是一场误会。"

"我明白了。你经常来石榴剧院吗?"

"偶尔来看我叔叔,或玛莎。我们会开开玩笑,玩会儿牌。"

"可你今晚来这儿的目的,是要狠狠地教训马克斯·图米?"

温切斯特笑了:"你可以这么说。我不喜欢色狼,而图米就是。说到这里,他在哪儿?"

"恐怕在很远的地方。弗林特探长让他回家了。"

"可惜了。我不喜欢他对待玛莎的方式。"

"你和玛莎的婚姻很短暂,对吗?"转眼间,斯佩克特已经取代弗林特,夺得对话的主导权。

温切斯特皱起了眉头:"跟你有关系吗?"

"我比较好奇。你们的婚姻维持了多久?"

温切斯特长出一口气，说："不长，几个月。"

"你们现在离婚了？"

"这是我和玛莎的事，跟这儿发生的一切没有关系。"

"作为离婚夫妇，你对前妻的保护欲似乎很强烈啊。"

"她……她需要有人来照顾她。"

"我明白了。"斯佩克特换了话题，"你说你在今晚之前从没见过他——那个死者？"

"嗯，从没见过他。"

"你觉得，他怎么会出现在台上的箱子里？"

"我真的不知道。我亲眼看见西德叔叔把法布里斯绑在箱子里。我甚至帮他把箱子推到了舞台边的指定位置。然后，我和西德叔叔坐下来打了一会儿牌。"

"所以箱子并没有离开你的视线？"

"没有。在表演开始前，我甚至看到玛莎伸手把箱子拖上了舞台。"

"另一个板条箱呢？我听说保利尼有全套备用道具。"

"跟其他道具放在一起，没人碰过。有什么理由去动它呢？"

斯佩克特双手指尖相抵，托着自己的下巴，说："现在，温切斯特先生，我希望你尽可能准确地按顺序描述，在他们表演板条箱魔术期间，发生了哪些事情。"

温切斯特慎重地考虑了一会儿，说："好吧。我和西德叔叔打了一会儿牌，然后他看了看表，说'在这儿等着，内德，我去给那个该死的箱子魔术解绳子'。于是，我就坐在桌子旁，等他先做完事。但他很快又回来了，看起来有点着急，对我说'内德，出问题了。绳子不知怎么打结了。我没法让背景布动起来。你到上面去，把六号绳子割断好吗？我得去叫法布里斯'。"

"他让你去舞台上方的通道？"

"是的。从旋转楼梯上去。我看我叔叔做过很多次，所以可以说，我知道怎么控制那些绳子。"

"我明白了。所以你就上去剪断了固定背景布的绳子。花了多长时间？"

温切斯特抱怨道："比预料的时间要长。以前我每次上去，灯都是亮着的，所以我能看清楚编号。但这一次，上面一片漆黑！"他说得像在揭晓一个惊喜，"于是我划了根火柴照明。就在这时，柯普一瘸一拐地走了过来，搞得金属搭的走道叮当作响。我还以为他要把整条通道踩塌！"

"柯普？他要做什么？"

"他命令我把火灭了，说绳子和其他东西都是高度易燃物。我怎么会知道这些？我知道时间紧迫，所以数着绳子，割断了第六根。好在做对了，背景布落下去了，不是吗？"

斯佩克特确认了这一点。

"你和柯普相处得好吗？你们是朋友吗？"

"不，不是朋友。但他人还不错。他有个生病的孩子，一个男孩。他的妻子死了，小家伙只有他了。"

斯佩克特点了点头："之后发生了什么？"

温切斯特犹豫了，说："我下来了。"

"你是从旋转楼梯下来的吗？"

温切斯特停顿了一下才含糊地说："是。"

弗林特说："为什么我觉得你在撒谎，温切斯特？你的麻烦已经够大了。如果我是你，我会有什么说什么。"

温切斯特懊恼地叹了口气："好吧。我没有马上下来。我……我不喜欢柯普说话的语气，他把我当白痴对待。所以我就警告了一番。"

"你威胁他了？"

"不，不是那样的！"从温切斯特眼珠转来转去，并用舌头舔嘴唇的样子来看，情况显然就是那样的，"我只是不喜欢被贬低。另外，我也担心他会告诉图米我在这里。"

因此，柯普的谨慎和故意隐瞒是有理由的。他在努力避免惹恼内德·温切斯特。

"你在阁楼里做这些的时候，你叔叔在哪儿？"

内德·温切斯特耸了耸肩："你最好去问他。"

"别担心，"弗林特说，"我们会的。"

"就我个人而言，"斯佩克特心不在焉地嘀咕着，"我更想知道你叔叔一开始为什么让你上去。如果他想把你藏起来，为什么要派给你这个任务呢？他难道不知道这样做很可能让你被更多人看到吗？"

温切斯特再次耸了耸肩。"西德叔叔那时有点慌乱，他偶尔会这样。我叔叔的体力已经不比以前了，他不应该爬上爬下。不管怎样，当我大声喊'叔叔，不用担心了'时，我听见他对我'嘘！'了一声。"温切斯特笑了笑，"别想讨好有些人。"

"所以说，你见到了柯普。而我们知道，你没看见图米，他幸运地躲过了一劫。那你有没有见到看门人阿尔夫？"

"没有，我不可能见到他。如果他一直待在后门那儿，就不会出现在我的视线里。西德叔叔不想让阿尔夫知道我在后台。他们之间有矛盾。"

"这么说你没看见阿尔夫，阿尔夫也没看见你。好吧。但你看到了你叔叔帮助法布里斯进入板条箱？"

"是的。"

"那是什么时候？"

"正好 9 点 15 分。穿盔甲的把戏总是在 9 点 15 分进行，那时我正从楼梯上走下来。"

"你具体看到了什么？"

"就像你说的——我看见我叔叔把法布里斯装进箱子里。"

"具体是什么情形？"

"哦，法布里斯在确认盔甲是否已牢牢地挂在后门的钩子上，以防在表演中出岔子，导致他被甩出来之类的。"

"两个人说了什么吗？"

"西德叔叔说了些话，类似：'肯，你还好吗？'法布里斯回答：'一切正常。'并竖起了大拇指。"

"然后呢？"

"法布里斯从箱子里探出头，说：'是你吗，内德？'我跟他一起喝过几次酒，是好朋友。但西德叔叔说'没时间了'，于是他把头缩回了箱子里。在门关上之前，他喊道：'那就回头见吧，伙计们！'"

"你看着你叔叔封好了箱子？"

"是的。然后我和他一起把箱子推到了指定位置。"

"箱子没什么异样吧？比如说，比平时更重？"

温切斯特摇了摇头："虽然我不是每天晚上都在这里，但我看过几次演出，也在后台待过。在我看来，没有什么不寻常的。不过你最好问问叔叔，或者法布里斯。"

"箱子一直没有离开你的视线，直到玛莎把它从侧台拉到台上，是吗?"

"没错，就是这样。在那之后，我和叔叔玩了一局惠斯特。"

"那个备用的板条箱呢?"

"也在我的视线之内。"

"门是开着的还是关着的?"

温切斯特想了想说:"我想是关着的。"

"但你不能肯定。"

"嗯，我没太注意。不管怎样，没过多久我们就意识到舞台上出了问题。我叔叔叫我在被人看见之前离开。但是我有点……怎么说呢?"

"愚蠢?"弗林特替他说道。

"好奇。所以我回到阁楼上躲了起来。这次没人看见我，包括柯普。我设法在被你手下的警察发现之前下楼，在化妆间对面的储藏室里躲了一会儿，然后碰到了艾布斯先生，以为他是图米……后面的事情你们都知道了。"

"我有个问题，"弗林特说，"你叔叔为什么撒谎? 当我们问他谁在后台时，他没有提到你。"

"他是在保护我，弗林特警官。他知道我过得不顺利。他知道我并不总是……做正确的事。我想他是怕你们搞错调查方向。"

"放心，有没有搞错，我们很快就知道了。请把你的地址给胡克警官。别出远门，我们会进一步听取你的详细陈述。"

与温切斯特分开之后，他们又回到侧台，艾布斯像只听话的小狗一样紧随其后。当他们回到玛莎的化妆间时，弗林特格外高兴，他似乎这时才注意到艾布斯的存在。

"走开点，艾布斯。我要和德雷珀谈谈。"

艾布斯张了张口想抗议，但还是忍住了。他看着他们走进房间，门砰的一声关上了。

他弯下身，把眼睛对准了钥匙孔。周围没有人。化妆间里，弗林特正俯视着德雷珀，斯佩克特则站在一边，看上去若有所思。"你为什么不说你的侄子也在后台？"弗林特问。

如果这位探长在期待一场对抗，那么他该失望了。西德尼·德雷珀立刻就屈服了："我不想让他被卷进来。我现在意识到，我做错了。"

"警方对你的侄子很熟悉，他脾气坏得很。"

德雷珀再次无法反驳："他以前惹过麻烦，但他是个好孩子，千真万确。他只是想过来跟他叔叔打个招呼。他真的……不是个坏孩子，探长，你必须相信我。他是我看着长大的。过去我演木偶戏的时候，他妈妈经常带他去马盖特码头看我的节目。我会给他买冰淇淋什么的，然后度过一段美好的时光。"

"的确很美好，但这不是在谋杀案调查中向苏格兰场撒谎的理由。"

"我明白。我对此很抱歉。"

"你的侄子是什么时候到这儿的？"

"不清楚。"

"不是你让他进来的？"

"不是。我相信是玛莎让内德从防火门进来的。"与温切斯特所说的一样。

"啊，对，那扇从外面打不开的门。"

"没错。因为阿尔夫的关系，他不会从剧院后门进来。总之，他来见我是在开幕后不久。我们聊了一会儿，打了牌。然后他帮助我做了一些板条箱魔术的准备工作。"

"这么说法布里斯也看见他了?"

德雷珀咬了咬嘴唇,说:"我不想给任何人添麻烦。"

弗林特叹了口气,走向门口。艾布斯赶紧闪开了。"法布里斯先生,"弗林特对着走廊喊道,"请你来一下好吗?"

法布里斯出现了,无辜地眨了眨眼睛。"有什么事吗?"

"看来你对我们撒了谎。"

"你确定吗?"他似乎很惊讶,"我撒了什么谎?"

"关于内德·温切斯特。"

"哦,"法布里斯说,"他呀。那是因为你没问起他。我也不会读心术,那是保利尼的专长。"

"知情不报也是说谎。那么在进板条箱之前,你确实在后台见到了内德·温切斯特?"

"没有,不过就在西德把我叫过去之前,我听到了他的声音。我严重缺乏时间观念,害得可怜的老西德要多跑腿。但我确实听到了那个笨蛋的声音——'叔叔,不用担心了!'"法布里斯非常准确地模仿了温切斯特的说话方式。

"两个板条箱都在吗?"

"没错,都在那儿。我的那只打开了,等着我钻进去。另一只在远处的角落里,一如既往。"

"西德尼·德雷珀对你说了些什么?"

"他说:'准备好了吗,肯?'友好礼貌,一贯如此。他是位绅士。我回答没问题,于是他就帮助我进了板条箱。"

"你能看到内德·温切斯特吗?"

"不能。他在阁楼上。我只能听见他的脚步声,他被灯架遮住了。"

"在你进板条箱之前的几分钟里，还发生了什么不寻常的事情吗？"

"一切都很正常。我站到箱门的壁架上，西德尼·德雷珀把钩子都固定好。他说了类似'肯，你还好吗？'的话，我想我说了'还好'，或者'一切正常'。我对他竖了竖大拇指。就在这时，我听到内德下楼的声音。我本想打声招呼，但西德告诉我没时间了。他总是很准时，准到极点。他把箱门一关，我就被关在里面了。"

"后来发生了什么？"

"我说不上来。你得相信我，从头盔里我什么也看不见。我完全指着保利尼和玛莎把我从板条箱里放出来。所以不管是谁换了箱子，我都只有被摆布的份。"

"明白了。没问题了，谢谢你。"弗林特挥挥手，打发了法布里斯。

就在这时，紧张的灯光师威尔·柯普走了过来，忐忑地敲了敲门。艾布斯在拐角处躲了起来。

"进来！"弗林特大声说。

"探长，"柯普不安地朝门缝里瞥了一眼，"我觉得我应该告诉你……"

"我们已经知道了，柯普。你没说你见过内德·温切斯特。演出中间，他爬上了阁楼，是不是？"

柯普垂下了头，说："是的，他的确上来了。起初我没认出是他，黑暗中只能看见一个人影。然后他点燃了一根火柴，我才看清楚是谁。一开始，我并不知道他在那里做什么。我以为他会制造麻烦。但他告诉我，他叔叔派他来割断一条拉背景布的绳子。那些绳子不知怎么缠在一起了。"

"这种事经常发生吗?"

柯普点了点头:"并非闻所未闻。有时门没关上,风吹进来,沙袋就会摆来摆去。沙袋撞到一起,绳子就打结了。这再自然不过了。"

"演出前没人检查吗?"

"有!一直有。但你知道,演出期间还是有可能发生这种状况,而一个人很难同时出现在两个地方。"

"西德尼·德雷珀派他的侄子去处理这样的混乱,而不是自己去处理,这不是很不寻常吗?"斯佩克特问道。

"听你这么一说,我想是的。德雷珀喜欢掌控一切。但是——他是最不愿承认这一点的人——他已经不再是以前的他了。我想他发现这份差事越来越难做了。事实上,如果你问我的话,过不了多久他就会……"

弗林特挥手打断了柯普:"可以了,谢谢你,柯普先生。"

柯普谄媚地鞠着躬离开了。

现在化妆间里只剩弗林特和斯佩克特,艾布斯抓住机会从藏身处走出来,再次凑了过去。他的好奇心永远得不到满足。弗林特依旧对他不理不睬,只是望向斯佩克特,后者此时格外安静。

"你怎么看?"

"你是了解我的,弗林特。虽然在旁人看来,我似乎无所事事,但其实我的脑海里总在冒出一些想法。我正在思考螃蟹的永生①。"

---

① 原文 I'm contemplating the immortality of crab,源自西班牙谚语 Pensar en la inmortalidad del cangrejo,表示一个人想事情想得出神的状态。——译者注

"什么意思？"

斯佩克特闭上眼睛，陷入沉思。

"好吧，我换个问法，"弗林特追问道，"谁杀了瓦尔加？他们是怎么把他藏进板条箱的？"

"让我们按时间顺序来考虑，"斯佩克特说，"瓦尔加一定是在8点到9点之间被杀死并藏在板条箱里的。在那段时间里，图米和阿尔夫在后门边打牌。德雷珀和温切斯特在舞台后面打牌。柯普在调灯。法布里斯在两个打牌的地点之间活动，随后穿上了他的盔甲。"

"这意味着他是唯一一个没有可靠不在场证明的人。"弗林特说。

"是吗？"斯佩克特扬起眉毛，"在某种程度上，我想是的。我还是对温切斯特这个家伙很感兴趣。他很奇怪。首先我不能理解他来剧院的确切原因。一开始他说来见叔叔，后来又说是来见玛莎的——她也是放他进来的人，最后又改口说是来看叔叔的。"

"我们都知道他的真正目的是要好好教训图米一顿。"弗林特说。

"是的，最终遭殃的却是不幸的艾布斯先生。就连这个目的在我听来也有点虚假，尤其是在他不知道图米长什么样的前提下。更遗憾的是，是他让瓦尔加进入后台的，误把他当成演出人员。"

"你相信他的说法吗？"

"我想我相信，"斯佩克特说，"虽然听起来有些荒谬，但不失真实性。再说，如果温切斯特就是凶手，那么他再承认是自己让瓦尔加进了剧院就说不通了。"

"有道理。可是瓦尔加进入剧院后做了什么呢？"

斯佩克特耸了耸肩说："没人知道。即使除温切斯特以外还有人见过他，他们也不打算把这件事说出来。"

"你觉得他会不会是故意藏起来的？"

"你是说他自己躲进了箱子里？是个思路，但与他头部受伤以及被勒死的状况不符。"

"不一定是躲在箱子里，也许躲在后台的其他地方。"

"你看到他穿的衣服了吗？那种高调的棋盘格纹。穿着那身衣服而不引起注意是难以想象的。"斯佩克特打了个响指，"当然，他是因为害怕躲起来的。有人在跟踪他，所以他躲进了剧院。"

"可他是怎么来到这儿的呢？"

"他一定在跟踪艾布斯，我只能想到这一种可能性。艾布斯是瓦尔加和石榴剧院之间唯一存在的联系。此外，艾布斯还声称他在老贝利外面看见了瓦尔加。不是吗，艾布斯？"

律师微微抖了一下，他没有料到会被点名。事实上，他几乎已经习惯了被当作不存在的人。"是的，"他说，"就在我们见到泰特斯·皮尔格里姆的地方。"

斯佩克特想了一下，问道："你认为皮尔格里姆和这一切有关吗？"

他似乎在问艾布斯，但回答的是弗林特。"我看不一定。猜猜看，今晚，就在瓦尔加的尸体出现的那一刻，他在哪里？在汉普斯特德的一个警察慈善活动上。有很多人看到了他。事实上，起码有几百人。他已经证明了自己不在石榴剧院附近。"

"当然，并不排除是他的手下干的。"

"对，开始我也是这么想的。但我不明白杀手是怎么进后台的。温切斯特说是他让瓦尔加进的防火门，只有从那里进入后台才有可能不被发现。如果温切斯特吸完烟后把门关上了，那么其他人就不可能在不被发现的情况下入内。"

斯佩克特点头认可："这就排除了杀手从外面进入的可能性。他肯定本来就在后台。这似乎也排除了温切斯特杀人的可能性。如果他是凶手，他大可声称没关防火门，让人觉得凶手是从外面来的。如果是他杀了瓦尔加，他告诉我们门是关着的就有违常理。嫌疑人越多，对他越有利。"

"德雷珀呢？"

"他声称，在尸体从箱子里滚出来之前，他从没见过瓦尔加。我们知道，德雷珀一直在和玛莎、柯普、法布里斯打牌，直到节目开始前五分钟。除了打电话那会儿，他没有离开过他们的视线。"

斯佩克特咧嘴一笑："我必须说，不管凶手是谁，他的舞台技巧都令我佩服。呈现在我们面前的一出计中计，非常精彩！法布里斯被绑在板条箱里，为即将开演的魔术做好了准备。箱子被推到台上，演出按计划进行。然而，当揭秘时刻到来时，出现在观众面前的不是法布里斯，而是瓦尔加的尸体。在众人查看尸体的时候，板条箱的门合上了，箱子被推到了舞台后面，但从未远离舞台。到了检查箱子的时候，我们却发现法布里斯还在里面，他完全不理解发生了什么。太奇妙了！"

"我很难体会你的热情，"弗林特说，"我宁愿这只是一起简单的谋杀案。比如，凶手俯视着受害者，手里拿着一把冒烟的枪。"

斯佩克特自顾自地说："最初，我想到了几种可能。例如，法布里斯设法逃出了板条箱，把尸体放在了他原来所在的位置。后来知道那是绝对不可能的。德雷珀和温切斯特都证实，法布里斯一直都在箱子里。他们一直看着箱子，直到它被推上舞台。此外，法布里斯不可能轻易从板条箱里脱身，因为按照设计，箱门只能从外面打开。

"于是，我们把注意力转向德雷珀和温切斯特。虽然他们是叔侄，但我很难想象他们合谋干坏事的情景。温切斯特缺乏智慧，德雷珀缺乏行动力，并且这两个人和死者瓦尔加之间都没有任何可证实的联系。如果说这两位先生会单独作案，那就更不可能了。虽然德雷珀曾让温切斯特去剪绳子，同时他自己辅助法布里斯进板条箱，但温切斯特返回时亲眼看到德雷珀关上了箱门，并亲自帮助德雷珀把板条箱推到合适的位置。双方的证词都能证明对方无罪。然后是灯光师柯普。我们知道，整场演出中他都在操控灯光设备。我们怎么知道的？根据一个简单的事实，没有一个灯光提示被遗漏。如果他离开过自己的位置，哪怕是片刻，都会被台下观众和台上的表演者察觉到。不可思议！我想我从来没有遇到过类似的难题。"

"嗯，我已经拼凑出一张时间表，"弗林特说，"针对这上面列出的每项活动，我几乎都找到了佐证，也就是说，每项都至少有一个目击者。当然也有例外，不过我对这张表的准确性相当满意。"

"好样的，弗林特，快把它拿出来给我瞧瞧！"

斯佩克特接过那沓纸，仔细地看了起来。

7:30——内德·温切斯特到达，在玛莎的帮助下，从防火门进入剧院，未被保利尼、法布里斯、图米和阿尔夫看见。他们躲进了玛莎的化妆间，之后玛莎叫来了西德尼·德雷珀。

7:30—7:50——想对图米动粗的温切斯特在玛莎和西德尼·德雷珀的劝说下平静下来。温切斯特走出化妆间，来到他进入时的防火门旁抽烟，全程没有被后台的其他人发现。这也是为什么他抽烟时不选择走剧院后门（在那里他可能会被阿尔夫看到），而是选择只能从内部推开的防火门，他抽烟时必须一直撑着门。

7:50——瓦尔加出现在剧院外面的街道上。剧院后门在小巷的尽头，而且显然是关着的，因此他抓住机会，走向打开的防火门。内德·温切斯特把他放了进来。进入剧院后，没有人见到他。

7:51——温切斯特抽完烟，回到玛莎的化妆间。瓦尔加不见踪影。

8:00——开幕。

8:15——确定没有被发现的危险，温切斯特从玛莎的化妆间出来，开始和他叔叔打牌。

9:09（约）——板条箱的门被关好了。

9:10——板条箱在舞台右侧就位。

9:15——玛莎把板条箱拉到舞台上，保利尼开始表演骑士复活魔术。此时瓦尔加的尸体已经在板条箱里。

斯佩克特递还笔记，说："做得漂亮，弗林特，很具有参考价值。需要考虑到的重要因素是，几乎每个人的描述都有空白。而且，你的时间线在瓦尔加的尸体被发现时突然断掉了。真的，你应该想想紧接着发生的事情。"

"什么意思？"

"为了检查瓦尔加的尸体，板条箱被推到了舞台边上，在这个过程中箱子的门关上了。当我再次打开箱门的时候，我发现肯尼斯·法布里斯穿着盔甲待在里面，他不明白自己为什么没有出场，不知道究竟发生了什么事。"

显然，两个箱子是施展诡计的关键，但要确定这一出计中计是怎么做到的则几乎不可能。保利尼说不清他推上台的是哪一只箱子。西德尼·德雷珀和内德·温切斯特都看到肯尼斯·法布里斯进入本来为魔术准备的板条箱——这是他们的说法。法布里斯说，他是在德雷珀的协助下进入板条箱的，他看到——不，不是看到，不完全是——但他察觉到内德·温切斯特从右边的楼梯上走下来。三个人说法一致。他们有撒谎的理由吗？他们三个能一起参与什么样的阴谋呢？

"走吧，"弗林特说，"我们上去看看那些照明设备和编了号的绳子，你觉得如何？我想知道演出中柯普和温切斯特到底在上面做什么。"

"我也想知道。"艾布斯说。

"没你的事，艾布斯先生。我欣赏你的热情，但你得记住你是个平民。这里没有你说话的分儿。"

年轻律师向斯佩克特求助："但我负责迪恩的案子……"

没想到老魔术师面无表情地说："恐怕弗林特说的对。你最好不要插手调查，艾布斯先生。这都是为你好。"显然，老魔术师只是想安抚他，怕他妨碍查案。他别无选择。

弗林特和斯佩克特把艾布斯一个人留在走廊里。他本能地走向玛莎的化妆间，却惊讶地发现门锁着。他敲了敲门，玛莎喊道："等等！等一下，我在换衣服。"

艾布斯突然觉得自己毫无用处，他心情沮丧，沿着走廊轻手轻脚地往保利尼的化妆间和防火门的方向走。就在他经过时，保利尼化妆间的门开了。

"艾布斯，"突然被叫到名字，他吓了一跳，"艾布斯，我得跟你谈谈。"

"怎么了，教授?"

"进来，快点。"

保利尼甩了一下披风，把他领进了房间。他跟在后面，轻轻地把门关上。魔术师的样子有些令人不安——带着一种从未表露过的安静和神秘。能说会道的魅力消失了，取而代之的是一种冰冷的恐惧。

"教授，"艾布斯又问，"到底怎么了?"

"这件事我只想私下跟你说，不想让其他人听到。"他停顿了一会儿，显然是故意卖关子，"此事与多米尼克·迪恩有关。"

艾布斯万万没想到这个名字会从魔术师口中说出。在此之前，瓦尔加命丧剧院看起来只是一个可怕而邪门的巧合。但现在，艾布斯开始认识到"巧合"的真面目——某个计划的一部分。

"你知道多米尼克·迪恩的事?"

"是的，我什么都知道。"

就在这时，保利尼愣住了，目不转睛地看着艾布斯身后。"上帝啊……"他低声说道。

律师感到一阵恐惧，慢慢地转过身。然而，他没有看见站在自己身后的人。他只看见一道深渊，并栽了进去。

第八章　密室

艾布斯先是感觉脑袋一阵跳痛，继而见到一片白光，光芒越来越亮，似乎要把整个世界包裹进去。他眨了眨眼，这才意识到自己正躺在铺着地毯的地板上。

他的视野逐渐清晰起来。头部的疼痛加剧了。他刚才一定遭受了重击。当他用手撑着地板坐起来时，他发现自己的右手正抓着什么东西。他想放开这东西，却失败了。不知怎么回事，它竟黏在了他的手上。

视力完全恢复后，他看清了那是一把左轮手枪！瞬间的惊吓让他感到一阵剧烈的头痛。艾布斯试图用左手把枪拽下来，可他都快把掌心的皮扯掉了，枪把也没有脱落。他眯起眼睛，仔细观察。很明显，有人用某种强力胶水把枪黏在了他的手上。他闻了闻枪管，至少，上面是……有气味的。像什么东西烧起来的气味。没错，这是一把不久前刚开过火的手枪。

他环顾四周，就在这时，他看到了房间另一头的尸体。

他不需要近看就知道，那个躺在血泊中的人是保利尼。他的右侧太阳穴上有一个洞，左侧太阳穴上还有一个洞，是贯穿伤。尸体左边的墙上有一个弹孔。

艾布斯用了更大的力气，尝试把枪拔下来，却始终没有成功。不管把枪粘在他手上的物质是什么，其黏性一定是工业级的。

"教授！喂，保利尼！"走廊里传来低沉的声音。人们当然会往这里来。有人刚刚在这里开枪了。

除了接受现实，艾布斯没有别的办法。然而，当他冲向房门，准备拧门把手时，却看到钥匙插在锁孔里。他皱起眉，又回头看向窗户。窗户因为生锈难以打开，而且窗口装着栅栏。直到此时，他才意识到情况有多严重。他抱着最后一丝希望，试图把手枪从右手上取下来，但那把枪没让他如愿。凶手一定还在房间里！艾布斯突然疯狂起来，先是拉开了所有梳妆台抽屉，随后又被衣柜吸引了注意力。他猛地拉开衣柜门，里面什么也没有。

一无所获，他只能接受现实。他走向上锁的房门，用颤抖的左手转动钥匙。门朝外打开了，他面前站着弗林特、胡克警官和约瑟夫·斯佩克特。

"先生们。"他用嘶哑的声音说。

"哦，"弗林特说，"我们先把那玩意儿拿走，可以吗？胡克！"

胡克上前拿枪，发现拿不走时，他说："好像黏住了，长官。"然后，他看到了瘫倒在另一方角落里的保利尼。他冲了过去，摸了摸魔术师的脉搏。"他死了，长官。"

在弗林特发话之前，斯佩克特抢先开口道："你看不出这家伙也受伤了吗？很明显，他的头部受了重击。来，埃德蒙，让我给你弄块布……"斯佩克特从梳妆台上拿了一块小方布，走向水槽，打开水龙头，耐心地用绒布接着细小的水流，最后把浸湿的绒布递给了艾布斯。艾布斯感激地把布按在后脑勺的肿包上。

"感觉好点了吗？"弗林特假装关心地说，"真不错，艾布斯先生，你今晚给我们制造了不少惊喜啊。把他铐起来，胡克警官。"

"但我什么都没做！"艾布斯喊道，"真的，我没有！"他恳求地看着斯佩克特，后者正带着一种难以捉摸的表情在门口徘徊。

"你们一定都认为我疯了。但我为什么要杀他？在一个反锁的房间里？外面还有那么多人？"

弗林特不为所动，说："你可能是疯了，艾布斯先生，但我不关心这个。"

"相信我，我被利用了。有人把我打晕，杀了保利尼，把我丢在这里作替罪羊。"

"是个聪明的家伙，对吗？跟在摩天轮上枪杀迪恩的是同一个人吗？"

"是的！就是同一个人，同样的把戏，我确定。"

探长仍旧不以为然："艾布斯先生，你是把我当傻瓜了。"

"不，我没有！我知道这看起来像怎么回事！但我清楚我没有杀他。什么样的疯子会把枪粘在自己的手上？"

"这可难倒我了。我只知道这种疯子不是普通人。"

"你看不出发生了什么吗？我被陷害了！和卡拉·迪恩一样被陷害了！杀死多米尼克·迪恩的人故技重施，杀死了保利尼。"

"是怎样的故技呢，艾布斯先生？"

"我……我不知道。如果我知道，请相信我，我一定会告诉你。整件事情就是一个骗局。我发誓，我没有杀那个人。"

这个夜晚已迅速变成埃德蒙·艾布斯一生中的噩梦。在溶剂和大力擦洗的共同作用下，过了很久，手枪才与艾布斯的手分离。他的手掌变得红肿、火辣辣的。然后，他便被胡克警官铐上了。当警官抓住他的手肘时，一阵剧痛从他的手臂一直传到了肩膀。艾布斯忍不住叫了起来。

"哈，就是这样，"弗林特说，"不会打枪的人通常会遇到这个问题。后坐力比你预想的要大一些，对吧?"探长向其他人解释道:"左轮手枪的威力比新手想象的大一点。我见过艾布斯这样的蠢货，开一枪就把自己的肩膀震脱臼了。"

然后他指示艾布斯坐在后台走廊里的长木凳上。在这个便于观察的有利位置，年轻的律师看到探员们进出化妆间，还看到蒙着黑布的尸体被抬了出来。

每当有人朝他瞥过来，他都会说:"我发誓我没有杀人，真的不是我。"但没人听他解释。

"艾布斯先生，我要以谋杀保利尼教授的罪名逮捕你。"

"你犯了一个严重的错误，探长……"

"听着，艾布斯，我不知道这是怎么回事。但我们在一个反锁的房间里发现了你和一具尸体，你的手里拿着一把刚开过火的手枪。如果你是我，你会怎么做?"

"拜托，我知道这看起来是怎么回事，不要以为我不明白，但你必须听我说……"

"我会有很多时间听你说。"

最后他被带到走廊尽头一个灯光昏暗的房间里，和乔治·弗林特面对面坐在一张木桌的两边。笨拙的亲切感从探长的神情里消失了，他换上了一副冰冷的表情。

房间角落里的约瑟夫·斯佩克特似乎置身事外，他静静地抽着小雪茄，偶尔露出鼓励的微笑。

"你最好把你知道的一切都告诉我们。"弗林特发出了警告。

"我所知道的并不比你们多，"艾布斯告诉他们，"我是被他叫进化妆间的。他说有一些事情要告诉我，看着很着急。最起码，他表现得相当古怪。"

弗林特抓住这个词问："怎么个'古怪'法?"

"很激动,就像一个孩子进了糖果店。我猜可能和案子有关。"

"所以你认为他偶然发现了什么,很可能对破案有帮助?"

"有可能。"

"艾布斯先生,他为什么要和你分享这样的珍贵情报?"

"我无法回答这个问题,因为我也不知道。"

"告诉我你进入化妆间之后发生的事情。"

"像我刚刚说的,保利尼很激动。他似乎认为有人在监视我们,先检查了走廊,然后锁上了身后的门。"

"但那时袭击者可能已经在房间里了?"

"一定是这样的。我不知道他藏在哪里。实际上,保利尼刚要告诉我一些事情,却突然停了下来,瞪大眼睛看着我身后。我感觉到后面有个人。保利尼说了句:'天哪,是你!'我想转身去看那个家伙是谁,但还没看清他的脸,头上就被狠狠地打了一下。我应该是立刻就昏倒了。"

"所以你从头到尾没见到这个神秘的第三人?"

"我也希望我见到了。"

"我相信你是真心的。"弗林特冷冰冰地说。

"下一刻,我感觉自己在一个有烟味的房间里,我从地上坐起来,发现手里有把枪,而且甩不掉。我开始找保利尼,就在这时我看到他脸朝下躺在地上。他死了。"

"你怎么确定他已经死了?"

"因为他看起来已经死了。我也不清楚。反正,我看到他的头上有弹孔。"

"那房门呢?"

艾布斯闭上眼睛，他知道他的回答是对自己不利的。"门锁着。"

弗林特转了下椅子，看向斯佩克特。斯佩克特仿佛根本没有意识到发生了什么。老魔术师只是抽着他的小雪茄，目不转睛地看着某处。

艾布斯想到他可怜的父母将听到唯一的儿子因谋杀而入狱的消息，内心泛起一阵恐惧。至于他的同事……他们永远不会忘记这件事。他知道，他的人生完蛋了。

弗林特在混乱中也有条不紊，他遵循斯佩克特的建议，开始搜集案发时每个人的不在场证明，尽管艾布斯知道这么做不会有太大帮助。毕竟，枪响时，玛莎把自己关在隔着两道门的化妆间里；法布里斯在走廊对面自己的房间里；德雷珀独自去了某个地方，艾布斯并不确定是哪里；至于内德·温切斯特，谁知道呢？

唯一一个在保利尼被枪杀时拥有完美不在场证明的人是灯光师威尔·柯普。他当时和弗林特、斯佩克特在一块儿，在阁楼上向他们介绍各种装置，并讲述了他与温切斯特见面的经过。当然，在保利尼被枪杀后，艾布斯已经不关心米克洛斯·瓦尔加是怎么进的板条箱，这是他现在最不关心的事。

除了灯光师以外，其他人的陈述都是"不完美的不在场证明"。枪响的那一刻，胡克警官就在保利尼的化妆间外面。如果当时有人从房间逃离，他肯定会第一个注意到。这个情况当然是不利于艾布斯的。

保利尼遇害时所在的化妆间是整个后台区域最大的房间。当然，这并不能说明什么。这个房间只有一扇门，通往狭窄的走廊。案发时，胡克警官正好守在门外，他可以确认没有人进出过房间。

房间朝街道开了两个窗户，均装有铁栅栏。即使没有铁栏杆，窗户也因生满锈而处于封闭状态；弗林特尝试了好几次，确定两扇窗都是无法打开的。即使窗户可以打开，保利尼的死也是近距离开枪导致的，很近，换句话说，凶手不可能从外面的小巷里开枪。

犯罪现场的隔壁是另一个小得多的化妆间，且没有人使用。与犯罪现场不同的是，这个化妆间有一扇门，可直通玛莎的化妆间。但这个发现无济于事：连接门安装了结实的金属锁，门锁显然完好无损。

"请不要介意，"斯佩克特看着锁对玛莎说，"以防万一，最好检查一下。"

"打不开的，不信你可以试试。"她抓着门把手摇了摇，示意斯佩克特也这么做。

"很牢固，"他自言自语道，随后突然跪下来，往钥匙孔往里看，"另一边没有钥匙……当然，也没有必要。即使用钥匙，门也打不开。"

"什么？"弗林特说，"我不明白，怎么会这样？在我看来，就是普通的门锁。"

"哦，完全不是！"斯佩克特说，"这是丘伯锁。"

"什么是丘伯锁？"

"丘伯锁，"斯佩克特站起来，解释说，"这种锁严格按照坦普尔街的制锁大师耶利米·丘伯和查尔斯·丘伯的制锁规格生产，是出了名的'不可撬开'的锁。这把锁堪称杰作。当然，这个款式比这里的其他门锁都老得多。似乎因为某种原因，这扇门一直以来都是被忽视的。"

"我来告诉你原因吧，"西德尼·德雷珀说，"这些丘伯锁——

随便你怎么叫它们——内部有特殊结构,如果有人试图破坏或撬锁,锁就会卡住。这样一来,只要有人对锁动过手脚,主人都能看出来,而且要用一把特制的钥匙才能再次将锁打开。嗯,这把锁的特制钥匙很久以前就丢了。我敢说,丢了几十年了。一些聪明人试图打开这把锁,所以它现在完全卡住了。"

"为什么其他门锁都换过,这把锁却没有换?"斯佩克特问。

"提索尔先生不会花一分冤枉钱,而且更衣室之间没有互通的必要。"

"的确如此,"斯佩克特说,"但凭借我过去跟各种各样的锁打交道的经验,可以说这把锁是它们当中最好的。我相信存放'光之山'巨钻的保险箱装的就是一把丘伯锁。"

最后,位于走廊尽头、与玛莎的化妆间相邻的是阿尔夫的小隔间,旁边是通向小巷的剧院后门。胡克在走廊里走动时,虽然看不到剧院后门,但如果有人从那里进出,他极有可能听到动静。可即便有人从后门进了小巷,难道他们还能从装有铁栅栏且被封死的窗户进入保利尼的化妆间?这完全行不通。

保利尼教授之死似乎打一开始就只有一种解法。犯罪现场基本上是一个密闭空间。说到窗户,和这条该死的走廊上的其他房间一样,虽然墙上嵌入了狭窄的窗户,但是普通人不可能通过突破厚实的磨砂玻璃窗进入室内。

至于内德·温切斯特,枪响时没人看见他。他短暂地躲开了弗林特的监控。穿制服的警察们花了两分钟时间搜寻这个行踪不定的巨人。最后他们在后门外的小巷里找到了他,当时他正坐在一个垃圾箱上抽烟。

"又发生了什么?"

"请你跟我们走，温切斯特先生？"

"为什么？怎么回事？我已经厌倦了被你们摆布。"

"请进，温切斯特先生。"弗林特在门口不容置疑地说。

温切斯特不情愿地弹掉烟蒂，服从了命令。

所有人再次聚集在剧院内，弗林特宣布了令人震惊的消息："女士们，先生们，今晚发生了第二起谋杀案。保利尼教授已经中枪身亡。"众人都发出惊愕的低语。"我们会再次对各位进行询问。请不要离开剧院，这是我一再强调的。"

"是谁干的？"温切斯特说，"是谁在你们眼皮子底下杀了人？"

"是艾布斯，"西德尼·德雷珀平静地说，"我不知道他为什么要这么做。"

艾布斯隔着墙壁听到了一切。他坐在那里，低头看着自己被铐住的手腕，试图弄清楚现在的状况。就在这时，约瑟夫·斯佩克特领着内德·温切斯特进了房间。

"打扰了，希望你别介意，艾布斯先生，"老魔术师说，"我想最好还是和温切斯特先生私下谈谈。"

温切斯特上下打量着律师。"哎呀，哎呀，"他说，"所以西德叔叔说的没错！真没想到啊。"

"我没有杀人……"艾布斯抗议道，但斯佩克特抬手示意他安静。他又开始调查了。

"你为什么在小巷里，温切斯特先生？"

"只是出去抽烟。我不认为这是多大的事。"

"你在那里待了多久？"

"这很重要吗？我不可能从那里朝他开枪。窗户都锁着，外面还装着铁栅栏。"

短暂的停顿后，斯佩克特轻声问道："你是怎么知道的？"

温切斯特微微一怔，回答说："这不是我第一次来石榴剧院。"

斯佩克特并不买账，继续问道："你刚才听到枪声了吗？"

"我不知道你是否注意到，现在是热闹的夜晚。剧院外有很多人，有出租车，有各种各样的噪声。你不能指望我在这种情况下听到左轮手枪的声音。"

"左轮手枪？"

"嗯？"

"你怎么知道是左轮手枪？"

"啊？不是左轮手枪吗？"

"是。但我很好奇你是怎么知道的。"

"你的朋友弗林特说的。"

"不，他没有。"

"那就是某个警察说的。"

接着又是一阵沉默。艾布斯端详着斯佩克特那张不苟言笑的脸，突然，沉默结束了。"也许你是对的，"斯佩克特说，"要不要来支烟？"

温切斯特猝不及防，回答说："好。"

毫无疑问，没过多久他就后悔了。他被呛得咳嗽不止，无论小雪茄里掺了什么，都肯定不是普通的烟草成分。然而，斯佩克特却抽个不停。这个情景是邪恶的，仿佛是某种真切的黑魔法的预兆。

温切斯特回到走廊里，斯佩克特没说别的话，也出去了。

"拜托！"艾布斯捶着墙大声喊道，"让我出去！你们弄错了。"

门突然开了，弗林特在门口说："安静，这是我最后一次警告你。"

"让他出来，弗林特。"说话的是斯佩克特，仍然是一边抽小雪茄一边沉思的样子。他直接反对弗林特，却没有引起这位警察的愤怒，真是令人惊讶。弗林特只是叹了口气。

"好吧，艾布斯，你出来。"

埃德蒙·艾布斯回到走廊里，所有人都在看他。他感觉浑身不自在，问道："你能不能把手铐解开……"

弗林特摇了摇头说："不能。我已经允许你出房间，不要得寸进尺。"然后他转向玛莎，问道："枪是从哪儿来的？"

如果他是想诈她，那么他失败了。"我们平时用这把手枪表演接子弹魔术。"她解释道。

"本来放在哪里？"

"和其他道具一起锁在一个盒子里。"

"带我去看看。"

她带着他们去放置道具的地方。因为无事可做，艾布斯索性跟了过去。他们来到舞台的正后方，两个板条箱都在那里。旁边的角落里有一段铁艺旋转楼梯，通向舞台上方的走道，而走道又通向舞台的另一侧，威尔·柯普就一直在那上面工作。旋转楼梯旁边有一个木制工作台，上面放着一个小木盒，盒子的锁遭到破坏，盖子已经翻开了。

"有人把盒子撬开了。"玛莎说。

弗林特从她手里拿过盒子，说；"这里还有一把手枪。"

"这只是一个道具。我们……让我来解释吧。在表演接子弹魔术时，我们把装了子弹的手枪传递给观众，让他们相信枪是真的。枪再次出现在舞台上之前，我们会把真枪换成道具枪。这把枪只能打空弹，连一只苍蝇都伤不到。"

弗林特听完点了点头，说："所以，假设是这样的：艾布斯知道左轮手枪在盒子里，时机成熟时，他就撬开盒子，偷走了手枪。当然，他有很多机会这么做。"

一直在幕后默默调查的胡克警官突然发问："他怎么知道没拿错枪？我的意思是，他怎么确定拿走的不是假枪？"

"听着，"玛莎说，"我不认为是埃德蒙·艾布斯杀了保利尼。但不管凶手是谁，他一定是从那个盒子里拿的手枪。胡克警官，我来回答你的问题。手枪的转轮上都做了标记。你应该明白，我们必须确保两把枪不被弄混。"她还说了一些别的话，但艾布斯没继续听，此时他有点受宠若惊，因为她记得自己的名字。

当他回过神时，说话的人变成了斯佩克特："我还有一个问题，能否告诉我，据你所知，保利尼是否和一个叫多米尼克·迪恩的人有过来往？"

玛莎谨慎地回答："我对他的人际关系不太感兴趣。说实在的，我们生活在不同的圈子里。"

"那卡拉·迪恩呢？"

玛莎摇摇头。

"那泰特斯·皮尔格里姆呢？"

"他怎么了？"

"看来你听说过他？"

"我想大家都听说过他。你认为他和保利尼有仇？"

"我还没想那么远。我只是想知道，保利尼是否曾在你面前提过泰特斯·皮尔格里姆。"

她眯起眼睛说："有可能。也许他在报纸上看到了这个名字。他一直对报纸上刊登的犯罪和谋杀很感兴趣，有种病态的痴迷。"

"你说他和迪恩之间没有来往，那他提过这个名字吗？"

"呃，他提过。事实上，就在本周。那家伙在摩天轮上被他的妻子谋杀了，对吗？"

斯佩克特笑着说："差不多吧。"

"那就对了，保利尼说起过那件事。他对那起谋杀很感兴趣。但是，我想每个人都对那件事感兴趣，不是吗？"

"你还记得他当时说了什么吗？"

"保利尼说他们都弄错了。"

"他们是谁？"

肯尼斯·法布里斯插嘴道："所有人。我猜是警察，可能还有媒体。我听到他说个没完。他是一个很难相处的人，斯佩克特。他总是自认为高人一等。就拿我来说吧，他对我总是颐指气使，认为我是靠他过活的。但是你想想，应该是他欠我才对吧？毕竟，我干了那么多脏活累活，穿盔甲之类的。"

斯佩克特缓缓点头："如今，这样的日子都结束了。"

"哦，不要以为没了保利尼我们就会一无所有。我还有不少事情可以做。对我来说，以后的日子会好过很多。最起码，我再也不用忍受他的自吹自擂。"

"你太坦率了，法布里斯先生。"

法布里斯咧嘴一笑："你知道为什么吗？因为我没什么可隐瞒的。"

埃德蒙·艾布斯清了清嗓子。大家的注意力立刻被吸引过去。"不好意思，"他说，"我想我知道真相了。"

在一阵短暂的惊愕之后，约瑟夫·斯佩克特说："什么真相？"

"摩天轮谋杀之谜。我知道多米尼克·迪恩是怎么被杀的了。"

弗林特和胡克交换了讥讽的眼神。斯佩克特则真诚地说："请说下去。"

"好，"为了增强戏剧效果，他停顿了一下，让自己沉浸在不愉快的情境中，"多米尼克·迪恩死亡当晚的精神状态很重要。我们被告知他像得了妄想症，行为越来越反常。"

"明白。"

"因此，我们可以理解他为何选择去游乐场。他需要出门，却不能让自己处于危险之中。所以他选择了一个有很多人的场所，游乐场。

"卡拉·迪恩坚称，她丈夫去游乐场时没有带枪。她能如此确定，是因为她丈夫的亚麻外套就披在她的肩上，如果里面有一把左轮手枪的话，她会看出枪的形状。这表明，迪恩在那一刻没有带枪。但这并不意味着他在更早的时候也没有携带手枪。有可能，在把外套给他妻子之前，他把手枪藏了起来。"

"有趣，艾布斯先生。到目前为止，我赞同你的逻辑。"

"那么，仔细想想，在这种情况下，他可以藏手枪的地方只有一个。虽然卡拉坚称她自己当晚也没有带枪出门，但她怎么知道她丈夫没有把枪偷偷放在她的包里？也许当他把外套借给她时，他将枪放入了她的包里，而卡拉没有注意到。"

"太棒了！"斯佩克特赞叹道，"是啊，很有道理。"

"所以当他们登上摩天轮时，那把手枪就在卡拉的包里，只是她不知道而已。"

"嗯，到目前为止你都分析得很好。那么接下来发生了什么？"

"他们当时在摩天轮的客舱里，两人都侧身看着下面的游乐场。如果迪恩在人群中看到了什么，而他的妻子没看见呢？如果他看见了等在下面的博伊德·雷米斯顿呢？他知道皮尔格里姆要对付他。他知道他被困住了。所以，他趁着卡拉朝外看的间隙，从她的包里迅速取出手枪，朝天开了一枪。卡拉当时背对着他，所以什么也没看见。枪声足以引起人群的恐慌，雷米斯顿也在找地方躲避。但他必须找个借口赶紧离开，所以他立即捂紧自己的肚子，假装中枪。他的计划是和妻子一起坐上救护车，迅速前往安全的地方。

"后来发生了什么呢？听到枪声之后散开的人群又慢慢聚集起来。他们之中有一位医生，当他赶到迪恩身边时，后者的身上已经有枪伤。由此我们可以推断出什么呢？雷米斯顿一定是在混乱中偷偷接近迪恩，将枪管对准他的肚子，扣动了扳机。不管是因为枪上装了消音器，还是人们的叫喊声和迪恩的衣物阻隔了枪声，那个杀手像来时那般，神不知鬼不觉地逃离了现场。这就是真相，唯一的真相。"

"好极了！"斯佩克特衷心称赞道，"很厉害，如果让我来推理，我不会做得更好。"

艾布斯骄傲得涨红了脸。在这一刻，他开始相信自己终能摆脱这些麻烦。

"的确很精彩，"斯佩克特继续说，"如果在法庭上，我敢肯定这会让陪审团相信卡拉·迪恩不仅没有谋杀她的丈夫，而且她也从来没有杀害丈夫的动机。在整个事件中，她是无辜的，被无情的杀手所利用。"

"谢谢，我自己也觉得不错。"

"是的，不可否认。但恐怕这是错误的推理。"

"什么？"

"我是说，真相不可能是你说的那样。"

"为什么不可能？"

斯佩克特轻轻地呼了一口气，说："这么说吧，在这一连串案件中，摩天轮谋杀是我目前最不关心的。我现在对箱子魔术和这个眼下的密室杀人更感兴趣。告诉我，你在保利尼的化妆间时，看过他书架上的书吗？"

"没有，但我知道他有一本《操纵大师》，如果你指的是这个的话……"

"不是那本。保利尼的书架上有一本他经常翻阅的书，我会注意到是因为我自己也有一本，是阿瑟·柯南·道尔的《福尔摩斯探案集》。我翻到书签标记的位置，发现是《雷神桥之谜》的开头。你知道福尔摩斯系列故事吗，艾布斯先生？"

"知道一些。"

"那你应该知道《雷神桥之谜》，这一篇很有名。"

"是的，我记得。"

斯佩克特带着遗憾的微笑说："不知道这个故事吸引保利尼的是哪一点。"

"好了，"弗林特说，"我已经听够了。艾布斯，我是应该祝贺你成功地把我们耍得团团转呢，还是应该赞赏你把一桩谋杀变成三桩的手段？老实说，我完全没想到事情会变成这样。不管怎样，是时候结束这出恶劣的闹剧了。"

"探长，"艾布斯把背挺直了，傲慢地说，"如果你认为是我干的，那你就是个十足的蠢货。"

"好吧，我承认案情有奇怪之处，而且在一定程度上不符合逻辑。但话说回来，之前的谋杀也不符合逻辑。"

"等一下……你是不是在告诉我，你认为我还杀了多米尼克·

迪恩和瓦尔加?"

"哦,"探长一脸得意,"这是你说的,我可没说。"

"真可笑,你难道看不出我是被陷害的吗?"

弗林特严肃起来:"死了三个人可一点都不好笑,艾布斯先生。至于你是否被陷害,我们还需要进一步调查。但我告诉你……"他身体向前倾,充满攻击性地说,"我不喜欢被蒙在鼓里。不管向保利尼开枪的人是不是你,你都和此事脱不了干系,明白吗?"

"但我没有杀人!我发誓!这一切都能得到解释!一定能!"

"那么你的假设是什么?你最好说清楚。"

"嗯,有人溜进房间……"

"把你打晕,并开枪杀了保利尼?随后设法离开房间,同时从里面把门窗锁上了?就在几秒钟的时间里?听着,在我的人生中,如果说有什么东西是我了如指掌的,那就是密室。它们的运作方式,以及让它们成立所需的智力。因为你看,实际上,唯一的密室在这里。"他点了点自己的太阳穴,"我已经彻底检查过那个化妆间,我可以告诉你,不可能有人进出过那里。"

"但是……"

"稍等,让我说完。首先,我们检查了窗户,发现从里面锁死了。明白吗?

"那么剩下的出入口就只有房门了。门是用硬木做的,红木,而且是双层。两扇门板之间有夹缝,但当然无法容下一个人,甚至连一张纸都塞不进去。事发时门是锁上的。我想,这是你亲口说的吧?总之,开门的人是你。那么,毫不夸张地说,凶手根本不可能逃出房间。"

"如果是这样,"艾布斯慢慢提出新的假设,"门打开的时候,他一定还在房间里。"

弗林特叹了口气："我就知道你会这样说。换成我，我也会这么说。但还是那句话，不可能。凶手藏在哪里能躲过第一时间的搜查呢？衣柜、梳妆台、洗衣篮，我们可都检查过了。"

艾布斯瘫坐在靠墙的长凳上，双手抱着头。"那我就不知道了。我真的不明白！"他把整件事情又想了一遍。更衣室里的确有第三个人，保利尼还直接对他说话了。艾布斯转过身想去看他的脸……什么都没看到。眼前一片漆黑。他昏迷了多久？不长，5 到 10 分钟，但很难确定，因为他不记得保利尼请他进屋的时间。所以，凶手先把他打晕，再向保利尼开枪。子弹从保利尼的左太阳穴射入，从右太阳穴飞出，打穿了化妆间的墙壁。接着，凶手擦去枪上的指纹，在上面涂抹黏合剂，然后把枪粘在了艾布斯的手上。最后，他悄悄离开化妆间，不知用什么办法让门从里面锁上了。

"胶水是个很常见的牌子，"弗林特说，"我想是速干胶，管装的那种，干得很快。"

"剧院里有一些，"西德尼说，"我们一般用它修复道具。我自己也有一些，今天修过一些道具。"

斯佩克特若有所思地哼了一声："恐怕这不能说明什么，但确实会引出一个有趣的问题：为什么？"

艾布斯想到了一点，他坐直身子，揉了揉模糊的眼睛，说："斯佩克特先生，你觉得可能与《操控大师》有关吗？"

斯佩克特皱了皱眉："你为什么这么说？"

"哦，我认为这本书几乎是为攻击保利尼而写的。毕竟它揭露的大部分魔术都是保利尼表演过的。"

斯佩克特噘起嘴说："你可能是对的。"

"起初我以为保利尼自己写了这本书，你知道，作为告别演艺圈的一种方式，肆无忌惮。但我想事实并非如此，他是真的对那本书生气。所以作者另有其人，一个跟保利尼有仇的人。摧毁一个魔术师，最好的办法是什么？揭露他的秘密。"

"我欣赏你的热情，但你恐怕错了。摧毁一个魔术师，最好的办法是给他一枪。"

"不管怎样，你不觉得这里面有蹊跷吗？"

"也许有。你怎么看，弗林特？"

弗林特苦恼地摇头："我只知道，接下来的几个小时我都睡不成觉了。"

"保利尼的书架上有一本，"斯佩克特说，"或许值得一看。"

他们回到案发现场，刚进化妆间，胡克警官就抓住了艾布斯的手臂，完全没有放开的意思。

斯佩克特从书架上拿下那本书，翻开。"我敢肯定这里面是有线索的，"他说，"尽管可能不是艾布斯所期待的线索。这是特威迪出版的。"他看了看怀表。"有点晚了，但打个电话也许能得到一些新信息。"

"请问，"艾布斯大胆地说，"能不能把我的手铐解开？"

弗林特权衡了一下，最后说："好吧，胡克，给他把手铐解开。"

手铐被取下后，艾布斯感激地揉了揉手腕。这说明什么？弗林特是否已经对一开始的逮捕产生了怀疑？

时间已经接近午夜，弗林特探长仍然毫不犹豫地给出版商特威迪打了电话。不久前，保利尼曾在走廊里用同一部电话联系那位神秘的"摩根"。弗林特好说歹说，才让接线员接通特威迪的私人住宅。接下来是几分钟的沉默，弗林特在等特威迪本人接电话。

趁着大家都没注意，埃德蒙·艾布斯抓住机会做起了侦探。他走向剧院后门的隔间，演出期间，阿尔夫和马克斯·图米都待在那儿。隔间的桌子上有一部分机，他之前就注意到了。他把听筒拿起来放在耳边，发现出版商已经在接电话了。

"苏格兰场？"特威迪问道，"有什么事吗？"

"跟你本人并无直接关系，先生，不过我们正在调查一起案件，希望得到你的协助。"

"我明白了。请长话短说好吗？我和夫人正在举办私人晚宴。"

"很抱歉，先生。我不会耽误你太久，贵社最近出版了一本叫作《操纵大师》的书。"

"没错。"

"作者是一位……嗯……"他看着书说，"博士，安妮·L……"

"苏拉扎尔，是的，我知道，"特威迪说，"没有人叫安妮·L.苏拉扎尔，这是个笔名。你应该明白，这种事情在出版界很常见。"

"我想知道该作者的真实身份，这对谋杀案的调查至关重要。"

特威迪犹豫了。"好吧，"他最后说，"我会尽我所能提供帮助，但恐怕我知道的并不多。"

"任何信息都是有价值的，特威迪先生。"

"弗林特探长，对吧？我能告诉你的是，出版合同是通过一家律师事务所签订的。我从未见过作者本人。"

"谁是代理律师？"

"佩珀代因、斯特拉瑟斯和穆尔。"特威迪说。

"他们代表作者？"

"正是。事实上我们经常和他们打交道。如果你想找到作者，他们可以提供一些线索。不过我得提醒你，他们都很精明。"

艾布斯知道这家律师事务所。虽然他从未在专业领域与他们交过手，但他们的名声是响当当的。

"我明白了，谢谢你抽出时间，特威迪先生。"

弗林特接着给律师事务所打了电话。幸运的是，律师们这么晚了还在工作，让他顺利地找到了斯特拉瑟斯。艾布斯听到了整个过程。毫无疑问，斯佩克特已经注意到他走开了，但他显然没把这当成违规行为。

"斯特拉瑟斯先生，很抱歉打扰你。我是根据特威迪出版社提供的信息联系的你。我想了解作者安妮·L.苏拉扎尔的情况。虽然我们有理由相信这个名字是假的，但我知道你是作者的代理律师。"

斯特拉瑟斯给人以居高临下的态度。弗林特说完后，老律师慢吞吞地说："是吗？"

"这就是我打电话的原因，"弗林特坚持说，"我需要知道这个苏拉扎尔到底是谁。"

"嗯，我相信你应该明白，在未经客户明确许可的情况下，透露客户的任何信息——不管多么无关紧要——都是失信行为。所以，即便我知道安妮·L.苏拉扎尔的身份……"

"等一下，你是说你不知道这人是谁？"

"我们只通过书信联系。"

"你手上有这些信件吗？"

"它们会与其他关于苏拉扎尔博士的文件一起归档。朋友，你不用问了，你不能查阅这些档案。"

"那拉扎勒斯·伦纳德呢？"斯佩克特低声说。

弗林特在电话里重复了这个问题。

"伦纳德先生也曾是我们的客户。"斯特拉瑟斯确认道。

"曾是?"

"我只能告诉你他已经去世了。"

"什么时候死的?"

"这真是……"

"我要提醒你,"弗林特说,"我正在查一起谋杀案。"

"很好。拉扎勒斯·伦纳德死于十多年前。悲剧性的早逝,他那时候还很年轻。"

艾布斯没有听到后面的谈话,因为这时一个穿制服的警察冲进了侧面的走廊。他跑得上气不接下气,看上去像是奉命传达一个非常重要的消息。"抱歉打断你,长官,"他喘着气说,"大厅里来了一位先生。"

艾布斯挂上电话,在被其他人注意到之前回到了人群中。

"刚来的? 是谁?"

"他说他叫安德鲁·摩根。"

摩根! 那个跟保利尼通电话的家伙! 艾布斯想。

"那你还等什么?"弗林特说,"立刻带他过来! 我想知道他能不能提供一些新线索……"

安德鲁·摩根的外表并不出众,甚至有点邋遢,他不停打哈欠的样子更让人这么觉得。摩根似乎并不想知道这些人都是谁,听了介绍只是点着头咕哝了几声。没过一会儿他就问道:"我要找保利尼,他在吗?"

弗林特和斯佩克特对视了一眼。"据我所知,"弗林特说,"你和保利尼本来约好了今晚见面,但你没有遵守约定?"

摩根叹了口气:"整个晚上我都在做无用功。他说他有新闻素材,独家。他说如果我来看今晚的演出,就告诉我是怎么回事。所以我就来了。然后……嗯，你们知道发生了什么。恐怕所谓的独家消息在我离开剧院之前就传开了吧。这跟他承诺的不是一回事，可恶的保利尼！说得天花乱坠，结果只是愚蠢的作秀。我今晚本该做些更有意义的事情。"

"如果你指的是舞台上的尸体，那可不是作秀，摩根先生。"

"你什么意思？"

"那是一具真正的尸体。"

摩根不相信地说："我想你是在开玩笑，是吗？不管怎么说，是他让我大老远赶回来的。可我好像错过了他的'独家'。他在哪儿？如果他有话要对我说，不妨直说，说完我就走了。"

"恐怕他什么也说不了，他死了。"

摩根徘徊了两步，越来越不安。"听着，我现在感觉很糟糕。为了某个不成熟的舞台计划，我大老远跑了过来，你却告诉我魔术师死了？"

"他确实死了，摩根先生。他在不久前头部中枪而亡。"

"这是真的？"

"千真万确。"

"那舞台上的尸体……"

"也是真的。"

"啊……啊，我真没想到。保利尼那家伙，死了。"摩根从衣服内侧口袋里拿出一个笔记本，"那么……也许这次没有白来。"

"保利尼为什么把你叫回来？"

"提到潜在的大新闻，保利尼总是守口如瓶。"

"你之前跟他合作过？"

"是的，我们在工作上有来往。我为他的表演做一些免费宣传，他偶尔为我提供一两个噱头来促进销售。"

"举个例子?"

"嗯,他最近在跟降神会和通灵术的圈子打交道。他想成为下一个胡迪尼,通过拆穿这种古老的骗术引起轰动。"

"你跟他一起吗?"

"是的,我随行过几次。他像往常那样耀武扬威,扯掉桌布,拉出隐藏的绳子。总之,那些以此谋利的老太太们对他厌恶至极。"

"你听上去兴致不高。"

"哦,说实话,这里面没什么好素材。当然,我不否认,我们通过揭露灵媒的秘密获得了一些好处。但保利尼的傲慢无法让人对他产生好感,无法令读者信服。他的风格太浮夸了,留着那种可笑的小胡子,每次都坚持戴高顶礼帽。"

"那么,"弗林特说,"你不认为一个怀恨在心的灵媒可能跟他的死有关吗?"

"嗯,这不是我能说得清的。但依我的经验来看,那些灵媒都是步履蹒跚的老婆婆,而不是可怕的杀手。也因此,整件事看起来就是小题大做。保利尼似乎不敢对付那些真正的大人物,最后把自己弄得和那些年迈的灵媒一样愚蠢。"

"很好,"弗林特变换了问法,"那么关于他最后的独家,让你专程赶来剧院的新闻素材,你知道些什么?"

"恐怕我没有任何头绪。和他合作如此困难的另一个原因,就是他从来都不肯直接告诉我发生了什么,总是让我猜来猜去。不过他确实提到了《纪事报》。"

"特意提了那家报纸吗?"

"是的。这让我想到,他说的事可能和摩天轮杀人有关。你知道的，卡拉·迪恩。"

"你能破解摩天轮谋杀案吗？"艾布斯问。

"什么？"弗林特不耐烦地问。

"他们在搞一个竞赛，"摩根接着说，"如果你能说明凶手是如何对摩天轮上的多米尼克·迪恩下手的，就能赢得两千英镑。"

"你认为保利尼能说明？他想到凶手的杀人手法了？他在电话里有没有透漏什么？"

"没有。他只是强硬地要求我回到这儿。他几天前第一次打电话给我，让我今晚来看演出，演出结束后告诉我是什么新闻。所以我来了，看了箱子魔术那一出闹剧就匆匆离开了。我回到办公室，加班把稿子写了出来。我以为那就是保利尼说的'独家'——用尸体制造恐怖效果的魔术。我有什么资格争辩呢？看起来像个不错的新闻。但之后电话响了，是保利尼打来的。他想知道我为什么不听他的故事就溜走了。他让我马上回来听他爆料，是真正的大新闻。"

"你照做了。"

"我照做了。我就像只听话的小狗，不是吗？我想，如果尸体仅仅是序幕，那重头戏到底是什么呢？现在我人在这里，却被告知来晚了几分钟，我是不是运气太差了？"

"糟糕透了。"弗林特面无表情地说，"所以你真认为他破解了迪恩案吗？"

"我告诉你，我不知道。但保利尼显然认为他的爆料会引起轰动，比箱子里的尸体更惊人。"

"也许吧，"弗林特说，"只是有人比他先行动。"

"当然，他不在电话里说是有道理的。毕竟，他不想让任何人偷走他的主意，抢走他的两千英镑。现在他带着他的秘密进坟墓了……"摩根咬了咬笔尖，开始在他的小本上做记录，"你负责查这个案子，对吗？关于这起谋杀，你能透露些什么吗？"

"无可奉告，"弗林特说，"我们会准备一份通告，明天一早，你和其他记者都会看到。"

"你什么都不能说吗？一点细节都不行？"

"不能说。来人，把摩根先生送出去。"

摩根一边抗议，一边被人（有点粗暴地）带走了。

斯佩克特好奇地听完了这段交谈，又重新点了一支小雪茄，继续吞云吐雾。他显然想到了什么。"弗林特，跟我说说那个叫博伊德·雷米斯顿的家伙。我听到了他的名字，但在这个案子里他似乎是个隐形人。"

"这个名字已经出现过好几次，恐怕是个假名。"

"人们是怎么描述的？"

"哦，你是指游乐场里的目击者们？说实话，我不太相信目击者的证词。有人说他很高，有人说他很矮；有人说他穿黑色衣服，有人说他穿棕色衣服。乱七八糟，没有任何可靠的身份信息。但所有人似乎都认同一点，他是个瘸子。我还可以告诉你，据说雷米斯顿也去过迪恩工作的银行。至少，有一位和他打过交道的出纳员是这么说的。"

"你觉得他会不会是皮尔格里姆的手下？"

"所有皮尔格里姆的手下，在多米尼克·迪恩被害那晚都有不在场证明。而且是那种明晃晃的不在场证明。"

"你是说，设计好的？"

"很有可能。但不能说不真实，到目前为止我还没有发现任何漏洞。"

"那皮尔格里姆本人呢？"

"非常棘手，和今晚一样，皮尔格里姆当时也在参加警察协会的活动。他的不在场证明不仅牢不可破，还使整个苏格兰场看起来像一群小丑。我不知道他为什么在那里，但他确实在。"

斯佩克特叹了口气："朋友，我觉得我们又碰壁了。事实上，即使我们奇迹般地追踪到那位雷米斯顿先生，我们仍然无法把他和多米尼克·迪恩的枪击案联系起来，更别提瓦尔加和保利尼的死了。"

弗林特也发出了一声长叹："我们又回到了原点。唯一可能扣动扳机的人就是卡拉·迪恩。"

"还有一个问题：卡拉·迪恩手上有火药吗？"

"没有。"

"看来，这个案子的每个方面都与保利尼的谋杀案相似，不是吗？"

弗林特点头说："确实十分接近。"他沉默地思考了一会儿，提出了另一个问题："回答我，斯佩克特，你很久以前就认识保利尼了，对吗？"

斯佩克特点头："他第一次登台表演大约在十五年前。当然，我那时已经退休很久了，但他总是在宴会之类的场合露面，比如伦敦神秘学实践团体的晚宴。我是该团体的创始成员之一。不过，那时他还不叫保利尼，他叫保罗·扎布斯。"

"他看起来是那种会和泰特斯·皮尔格里姆打交道的人吗？"

"我认识他的时候，他还很年轻，雄心勃勃的样子。那时候的他，一定会被泰特斯·皮尔格里姆的邪恶魅力所诱惑。他是一个为了在行业内做到最好而不惜一切代价的人。注意，是'行业'，而不是'职业'。对我们之中一些人来说，这份职业就是一生的使命。但对于保利尼而言，我不得不认为，魔术只是他达到目的的一种手段。他爱的是上流社会，娱乐圈，为王室成员服务，周游世界。但真正的魔术师永远不会停止表演和练习：他会在无人关注的时候练习转硬币和洗牌；他会对着镜子背台词；他渴望多读书，多发现，多积累知识。而保利尼没有这种热爱，所以他未老先衰。这种生活，"他指了指周围，这座剧院，"让他疲惫不堪。"

"像他这样的人，"弗林特说，"可能会走投无路。也许他遇到了经济问题，也许他从泰特斯·皮尔格里姆那里借了钱，但还不起。在这种情况下，他可能很容易被说服，去做一些愚蠢的事情。"

下一个问题不可避免地出现了：多米尼克·迪恩被害的那晚，保利尼在哪里？

答案很明确：他在剧院里，在舞台上，面前是坐满人的观众席。"他不可能在没人注意的情况下溜出去，对吗？"弗林特追问。

西德尼·德雷珀坚定地说："绝无可能。每次有演出，我都整晚待在这里。这里是我的地盘。我说什么，就是什么！哈！"他讥讽道，"你能想象吗？大明星在演出中途溜走，没被人注意到！真可笑。你的怀疑恐怕是错的，弗林特先生。"

弗林特不得不同意他的说法。

调查到目前为止没有任何进展。弗林特回到艾布斯身边，再次亮出手铐。"恐怕我别无选择，艾布斯先生，除非我们能解开疑团……"他重新给律师戴上手铐。

"我不明白，"艾布斯抗议道，"你知道我没有杀保利尼……"

"是的，听着……"弗林特既恼怒又明显有些为难地说，"我发现你站在尸体旁边，手里拿着一把冒烟的枪。如果我不逮捕你，我就会有麻烦。"

艾布斯无法指责探长，换作是他，很可能会做同样的事情。"那么接下来呢?"

"恐怕你得在牢房里过一夜了。我们早上再重新梳理一遍案情。"

胡克警官接收了探长的指示，抓住埃德蒙·艾布斯的胳膊肘，把他押走了。这一次，他们从剧院后门出去，进入温切斯特偷偷吸烟的小巷，巷子另一头停着一辆让人产生不祥预感的囚车。在此之前，艾布斯从未见过这种车里面的样子。

上车之前，他忍不住回头看了一眼。他看到一群人——玛莎、西德尼·德雷珀、内德·温切斯特以及其他人——来到小巷里，看着他离开。

他想，罪魁祸首就在他们中间——那个杀了保利尼的人。

第三部分
无影无踪

我仅仅是环境的奴隶。

——拜伦勋爵，《萨达纳帕路斯》，第四幕，第一场

魔术师必须扮演许多角色。

——《操纵大师·魔术师的角色》

第九章　安妮·L.苏拉扎尔博士

囚车穿过伦敦寒冷的夜晚，埃德蒙·艾布斯几乎全程没有抬过头。他盯着腕上的手铐，陷入了沉思，一遍又一遍地回顾着这一晚上发生的事。他甚至没有注意到囚车停了下来。

他被押着穿过了一条又一条走廊，被几个值班警官冷漠地打量，最后被关进地下的一间牢房。在牢门关上之前，他尽量镇定地对身穿制服的看守说："这是个错误。"

"当然，我的朋友。"

牢门砰的一声关上了。

他并没有独处很久。大约一个小时后，约瑟夫·斯佩克特出现在他面前，一起来的还有玛莎。

警卫见到斯佩克特，立刻从座位上起身，向他敬了个礼，并打开了牢门。

"谢谢你，亨利，"斯佩克特说，"记住，不要告诉你的长官，好吗？"

"没问题，斯佩克特先生。艾布斯！有人要见你。"

这时艾布斯已经站起来了，心怦怦直跳。"斯佩克特先生！你必须相信我，我没有杀保利尼。我绝不会……"

斯佩克特抬起手，示意他先安静下来。他在剧场舞台上惯用的这个动作是管用的。"我对你并不了解，艾布斯先生，但是我的——让我们称之为'经验'吧——真相比表面看起来更复杂。不过，也别对弗林特太苛刻，可怜的家伙只是在做他的工作。"

"这么说，你相信我？"

"亲爱的朋友，我当然相信你。只要具备最基本的常识，就知道一个杀手不会把凶器粘在自己的手上，更不会把自己和受害者关在一起，还把自己打昏。但是有两个细节对你不利。一个是这把枪只开过一次，只少了一颗子弹的手枪本身就是证物，更不用说我们在走廊里听到的枪声了。"

"这是一个阴谋，"艾布斯说，"一切都与《操控大师》有关。你看，《操控大师》的作者署名是安妮·L.苏拉扎尔博士，倒过来写就是拉扎勒斯·伦纳德。现在我们只要找到拉扎勒斯·伦纳德，就能得到第一个线索，也就是谁想让保利尼死……"

"冷静点，埃德蒙。我们已经找到了。"

艾布斯立刻停下来，问道："真的吗？"

斯佩克特点点头，转身面向玛莎："不是吗？"

她看起来很尴尬。"嗯，是的，"她叹了口气，"《操纵大师》是我写的。"

艾布斯惊呆了："你……你说什么？"

斯佩克特闭上眼睛，吟诵道："'拉撒路出来！'那死人就出来了，手脚裹着布，脸上包着手巾。耶稣对他们说：'解开，叫他走！'"

他咧着嘴对艾布斯说："拉扎勒斯——圣经中的拉撒路——有两个姐妹。一个是伯大尼的马利亚，就是那用香膏抹主的，另一个是……马大。"①

———————

① Lazarus、Mary、Martha 指《圣经》人物时通译为拉撒路、马利亚、马大，作普通人名时译为拉扎勒斯、玛丽、玛莎。

144

玛莎沉重地叹了口气。"拉扎勒斯是老大，"她说，"玛丽是第二个孩子，但她被脐带缠住，死在了子宫里。第三个孩子就是我。"

　　斯佩克特点点头："虔诚的父母，不久之后，他们早早地离世，你和拉扎勒斯成了孤儿，对吧？在这个残酷的世界里，你们只拥有彼此，不是吗？拉扎勒斯很会变魔术，他的妹妹则是他忠诚的助手。"他浅蓝色的眼睛注视着玛莎，她垂着头，似乎正在忍受失去亲人的痛苦。"非常忠诚。他们一起演出，在剧场里很受欢迎。但悲剧发生了，拉扎勒斯·伦纳德死了。他可怜的妹妹失去了一切。但她也是一个实用主义者，她需要糊口。最终，她结识了一个叫保罗·扎布斯的二流魔术师，后者很快就聘她为全职助手。就像之前你自己说的，玛莎，助手不值钱。那么，他为什么要选择你呢？因为这个助手很特别，她懂很多魔术，她已故哥哥的魔术。保罗·扎布斯通过表演那些魔术出了名。他改名为保利尼教授，在世界各地演出。然而，从头到尾，他不断提醒玛莎，他才是大明星，没有他，她什么都不是。所以，在漫长的 15 年之后，她决定收回她哥哥的魔术。她写了一本书，将其出版。她揭穿了每一个魔术，因为她有这个本事。这是她的复仇。我没有漏掉什么吧，玛莎？"

　　"你几乎说对了全部，斯佩克特先生，"玛莎平静地说，"除了重要的一点。当然，有一部分魔术是我哥哥想出来的，但并不是所有，其中许多是我个人的创意。"她的话里带着一种平静的自豪感，也夹杂着错失机会和潜力未能发挥的悲伤。不管怎么说，他们理解了一部分内情：15 年前，保利尼——或者扎布斯，或者其他名字——骗她让出了自己的魔术。当保利尼成为观众眼里的天才魔术师时，她被降级为助手。她的怨恨逐渐升级为仇恨。所以她想出一个完美的方式，来收回属于她的东西。她写了那本书，但保利尼才是真正的操纵大师。

"从各方面来说，都是你的魔术最厉害，"斯佩克特温和地说，"你能让保利尼的事业在眨眼之间化为泡影。"

"他把我当奴隶对待。但没有我，哪儿来他的事业？"

"嗯，我想你可能是对的。"

关于刚刚获知的情况，短时间内有太多东西需要讨论，斯佩克特却中断了谈话："我们必须走了，玛莎和我。坚强一点，艾布斯。我们很快就会让你离开这里。在此之前，我还有一些事要做。"

玛莎微笑着对艾布斯说："晚安，埃德蒙。"

艾布斯仍然处于震惊状态中，茫然地回应："晚安，玛莎。"

她虽然端庄得像一幅肖像画，但是埃德蒙还是注意到，她离开牢房时向他投来了狡猾的一瞥。她是在对他眨眼吗？也许是昏暗灯光的误导。也许都是他的胡思乱想。

他独自坐在像墓碑一样冰冷坚硬的长凳上，思考着接下来要做什么。最后，他决定什么也不做，就让正义的车轮庄严地前进吧。而正义的车轮正在将无辜的卡拉·迪恩送上绞刑架。艾布斯揉了揉额头，试图把这个招人烦的想法从脑海里驱赶出去。

他不是，也永远不会是一个行动派。这是整件事情的荒谬之处。他是个头脑派，这是溺爱他的母亲经常说的。想到她收到消息，得知唯一的儿子是一个冷酷杀手的情景，他眨了眨眼睛，流下眼泪。他躺下来，清醒地看着天花板。

对于约瑟夫·斯佩克特来说，夜晚才刚刚开始。他还需要见几个人。他跟玛莎道了晚安，然后穿过伦敦，从苏格兰场的地下牢房，来到了另一处监牢，霍洛威监狱。

使用弗林特提供的证件，他可以在深夜对监狱中有名的囚犯——那位目前备受瞩目的女士，进行短暂的探视。

"迪恩夫人，抱歉在半夜把你吵醒。"

她和气地说："反正我现在也睡不好，经常做噩梦。"

斯佩克特点了下头："我们以前没见过，但我听说过你。我的名字是约瑟夫·斯佩克特，我在帮苏格兰场查案。但我不是警察，这一点，你不用担心。我来这里，是要问你几个紧要的问题。"

"问吧，我已经习以为常。"

"可能并不是你已经习惯的那些问题。首先，你听说过一个叫保利尼教授的魔术师吗？"

她的惊讶显而易见，被问得措手不及。"保利尼……？"

"保利尼教授。"

"保利尼教授。哦，这个名字对我来说恐怕很陌生，斯佩克特先生。你为什么问这个？"

"请你原谅，我没有时间解释。但就像人们常说的，真相终会浮出水面。第二个问题是，你去过斯特兰德大街的石榴剧院吗？"

依然是困惑的表情，卡拉·迪恩说："嗯，是，我想我去过，但应该是很多年之前的事了。"

"你的丈夫去过吗？"

"据我所知没有。"

斯佩克特从内侧口袋里拿出一卷纸，用优雅的动作展开，放在卡拉面前的小桌子上。"请你看看这份名单，告诉我里面是否有你认识的人。"

她仔细地辨认着那些名字："雷米斯顿？这个名字不寻常。"

"你有印象吗？"

"是的，我想我听多米尼克提过一两次。"

"在什么情况下？"

"哦，并不是向我提起的，而是在电话里。他总是在书房里打电话，有时候到深夜，说是业务上的事情。不管怎样，我听到过雷米斯顿这个名字。"

"其他名字呢？"

"嗯，埃德蒙·艾布斯今天来见我了，我相信是作为辩护律师的代表。"

"的确，其他人呢？"

"休·兰瑟姆……兰瑟姆医生！多米尼克遇害那晚他也在现场。我再看看……西德尼·德雷珀，不认识；肯尼斯·法布里斯，不认识；内德·温切斯特，不认识；玛莎·伦纳德……不认识；瓦尔加……对了，是摩天轮售票处的那位先生。"

她轻轻地把纸条推开了。

"那么，你只对名单上的雷米斯顿、艾布斯、兰瑟姆和瓦尔加有印象？"

"对。"

"很好。谢谢你！如果可以的话，我还想提一个名字。"

"请说。"

"泰特斯·皮尔格里姆。"

他仔细观察她的反应。她没有退缩，她显然听说过这个名字。"皮尔格里姆。是的，一样的，是多米尼克时常提到的名字，很可能是在电话里。"

"你还能想到其他人吗，他在电话里提到过的，或者他的通话对象？"

"抱歉，我平时对他的业务没太多兴趣。现在想起来，当时应该多加留意才对，但他总是神神秘秘的，我也失去了询问的兴致。"

"明白了，非常感谢。另一个问题：谁杀了你的丈夫，迪恩夫人？"

这是个意料之外的问题，她结结巴巴地回答："呃，我不知道。"

"你肯定知道些什么。毕竟，你当时在场。除非……我想，在摩天轮上，你应该没有失去意识吧？"

"当然没有！"

"那么，在你丈夫中枪的那一刻，你是清醒的。发射子弹的左轮手枪当时就在你的手里，迪恩夫人。"

"你以为我不知道吗？"她厉声说。

"有时，从抽象意义上重构问题有利于找到解决方案。你没有枪杀你的丈夫。很好，我们接受这一点。但是开枪的是谁呢？"

"你认为是名单上的人？那为什么把艾布斯先生算在内？他肯定和这事没有任何关系，他完全是无辜的。"

"哦，我想他是无辜的，但是小心一些总是没错。我问完了，谢谢你，迪恩夫人。休息吧，到了明天，事情说不定会有转机。"

这天晚上，银行出纳员莫蒂·凯什小姐早早地上了床。她睡了几个小时，大约在一点钟的时候醒了，她感觉口干舌燥。她不知道家里来了不速之客，没有人可以告诉她，但主要是因为她的鼾声太响了，她睡觉的时候嘴巴和鼻孔都张得大大的。她每天夜里起床的步骤都一样：缓慢地下床，穿上一件暖和的晨衣，然后拖着沉重的步子下楼，来到厨房。为了节省蜡烛，她都是摸黑行动的。她摸到了一个干净的玻璃杯，在水槽边接满了水。直到满足地喝了一口水之后，她才意识到屋里不只她一个人。

"谁在那儿？"她吼道，"我发现你了。"

黑影动了。

在凯什小姐尖叫之前，房间里的灯就亮了。

"抱歉，"穿黑衣服的老人说，"我不喜欢在黑暗中工作。"

"你……"

"请原谅我的闯入，凯什小姐。但我希望你理解，这是必要的。我叫约瑟夫·斯佩克特，在替苏格兰场工作。"

"你是警察？"

斯佩克特笑了笑："我要你告诉我所有关于博伊德·雷米斯顿的事。"

这是一次艰难的生产，在休·兰瑟姆的从业经历中，或许是最麻烦的一次。好在小家伙出来了，哭声洪亮。他可怜的母亲也终于放松下来了。做完他能做的一切后，兰瑟姆回到了诊所。楼上是他简朴的居所，每次忙完回到这里，他都格外开心。

当他打开头顶的电灯时，眼前的景象使他的心脏几乎要跳出来了。那是一个一身黑衣的老人，手里拿着一根银顶手杖。这个人本身并不构成任何威胁，但他的突然出现让人害怕。他露出了恶魔式的微笑。

"我想你就是兰瑟姆医生吧？"

"你是谁？你是怎么进来的？"

"要是有足够的时间来回答你的问题就好了。照目前的情况看，我有点力不从心。我就长话短说了。医生，你为什么欺骗苏格兰场，还有今天来找过你的埃德蒙·艾布斯先生？"

"你好无礼！我可不想被一个陌生人指控说谎。"

"我相信，你不想。尽管如此，事实就是你没有说实话，关于你在游乐场看到了什么，关于那天晚上有谁在。当迪恩的案子开庭时，你会站上证人席，在上帝和陪审员面前作伪证。你做得到吗？你想那样做吗？"

兰瑟姆开始冒汗了。他的眼睛四处乱看，却无处可逃。

"你在多米尼克·迪恩临死时查看了他的伤势，对吗？你为救他竭尽全力，你应该为此受到赞扬。但是你当时看到了什么？你愿意告诉我吗？请准确地告诉我你看到的一切。兰瑟姆医生，"老人的脸变得严肃起来，"别对我撒谎。"

"喂！艾布斯！"

艾布斯坐起来，脑袋晕乎乎的。天知道他昨晚怎么睡着的，或者睡了多久，但他的确睡着了。在这期间，看守亨利一定下班了。现在站在牢房门口的警官是个陌生人。"有人来看你了。"

艾布斯清了清嗓子："谁？"

"你的未婚妻。算你走运，我是个老派的浪漫主义者。"

"但我……"

他刚开口，玛莎就站在了警官身边。脱下演出服装的她完全变成了另一个人。她穿着端庄，淡妆使她立体的五官更加突出。但此时的她也不是真正的玛莎，就像魔术师的助手一样。这是另一场表演。

"亲爱的！"她说。

艾布斯咽了下口水。

"亲爱的，我必须来看看你。好心的警官允许我待 5 分钟。我试过告诉他，一切只是个可怕的误会，但我想，他也要履行职责。"

警官低下头。

"谢谢你来看我……"艾布斯结结巴巴地说。

"我还能为你做些什么，亲爱的？靠近些，让我看看你。"

艾布斯拖着脚步来到门边。

"哦，亲爱的，他们对你做了什么？你看起来吓坏了。"

警官清了清嗓子。

"嗯，我想这位先生是想告诉我，短暂的约会差不多该结束了。不要担心，我们会救你出来，或许比你想的还要快。在我离开前，吻我一下吧。"她向前倾身，把脸伸到铁栏杆中间的空隙里。

"请与牢门保持距离。"警察说。

"拜托——搜身的女警官没有发现任何疑似的违禁品，连一根帽针都没有。我只是想要爱人的一个吻。"

警察的脸有点泛红，踌躇着说道："就一个吻。"

艾布斯弯下腰，和玛莎隔着牢门亲吻了彼此。也许只持续了不到三秒钟，但足够了。艾布斯察觉到，一个小小、冰凉的东西被推进他的嘴里。玛莎后退一步，对他眨了下眼。这次他确定了不是幻觉。"晚安，亲爱的。"

艾布斯把那个小东西藏在舌头下。"晚安。"他说。

玛莎翩然离场。

警察摇着头说："你知道吗，艾布斯？不管你是不是凶手，你都是个幸运的小子。"

艾布斯傻笑着回到长凳上。待确定警察已经回到工位，他把玛莎带给他的东西吐到手心里。那是一把钥匙。

艾布斯等待着。他在牢房里踱步，偶尔透过铁栏杆看一眼值班的警察。那家伙在看昨天的报纸。艾布斯能想象早晨的头条新闻是什么。

警察很快便厌倦了，把报纸折起来放在身旁。艾布斯注意到，他的眼睛眨了眨，慢慢地闭上了。几分钟后，警察睡着了，但看起来不是普通的打盹。他睡得太安静了，呼吸很慢，虽然发出了嘶嘶的声音，但他并没有打呼噜。艾布斯试探性地晃了几下牢门，没有任何回应。他又粗鲁地喊道："嘿！嘿！"警察还是没有反应。艾布斯看向桌上的空茶杯，想知道玛莎在里面放了什么。

最后，艾布斯鼓起勇气把钥匙插进牢房的锁孔。完全匹配。他使劲拧了一下，感觉锁开了。他只能听到自己的心跳声。当他走出牢房时，只能感觉到太阳穴的跳动。

出于对密室之谜的热爱，他镇定地重新把牢门锁上了。

他沿着进来的路往外走，大楼里空无一人。走廊里的钟显示，现在是凌晨 2 点 25 分。只有时钟走针的声音与他的脚步声相伴，他走入夜色中，重获自由。

他走到离大楼很远的地方才狂奔起来。当他在一个街角喘气时，一辆深蓝色的奥斯汀 5 型轿车在他旁边停了下来。

"嘿！"司机是玛莎，她低声说，"上车。求你把头低下来。"

艾布斯毫无怨言地照做了。她发动引擎，不慌不忙地把车从路边开走，没有引起任何人的注意。很快，汽车驶入开阔的大路，呼啸着穿过伦敦市区。艾布斯一想到空空如也的牢房，以及他逃跑被发现后的局面，他就感觉心跳随时会停止。但是他还有别的选择吗？玛莎是知情者，他信任她。

"我们去哪儿？"他低声问，头仍然埋在双膝之间。

"我想你现在可以坐起来了。"她说。艾布斯坐起来，背上的一块骨头疼得令他呻吟起来。

"可怜的艾布斯先生，"玛莎说，"你是不是身体不舒服？"

"别管这个了，请问我们要去哪儿？"

"普特尼。"她说。

"普特尼？为什么？"

"你等会儿就知道了。"

她把目光重新投向路面，纤细白皙的手紧握着方向盘。艾布斯欣赏着她在月光下的侧面。在这样的时刻——耐人寻味的沉默时刻——她身上有一种忧郁的气质。艾布斯想说点什么，却找不到合适的词。

他并不熟悉普特尼。说实话，他总是避开这个区域，关于这里的传闻并不讨人喜欢。然而，在黑夜中，他什么也看不出来。在狭窄的住宅区街道上，车轮碾过鹅卵石路面，玻璃窗外只有房屋模糊的影子。

玛莎神情专注——毫无疑问，她在找一个地址。

"请告诉我，"艾布斯说，"我们要去哪儿。"

"朱比利路。"她回答。

他们终于找到了，那是一条阴湿的小巷子。一转弯，艾布斯就看到了此行的目的地。巷子尽头坐落着一幢矮胖型的房子，它与整个街区格格不入，仿佛是从天上掉下来的。与黑暗中的其他房子不同，这座宅邸的每个房间都亮着灯，看起来像一个眼睛在发光的骷髅头。

"这里是……?"艾布斯怀疑道。

"嗯，是的。"玛莎边停车边回答。

第十章　午夜访客

　　他们走近房子，登上三级石阶，来到红木门前，在这个过程中，艾布斯不由自主地双腿发软。他注意到门环也是骷髅头的样式。最后敲门的是玛莎。

　　来开门的是一名年轻女佣。她看到二人时怔了一下，却并没有说话，只是站在一边让他们进去。他们沿着一条狭窄的走廊往深处走，来到一个既是客厅又充当书房的房间。里面灯光昏暗，有股浓香和斯佩克特常抽的那种烟的气味。各个角落的烛光交相辉映，给这个地方增添了梦幻感，或者说会让人联想到一些诡异而神秘的仪式。

　　约瑟夫·斯佩克特坐在壁炉旁的扶手椅里。他阴沉的脸上闪过一丝惊讶，很快又恢复了惯有的镇定。

　　"哦，"他说，"玛莎，你能来真是太好了。如我所见，你还带来了一位客人。克洛蒂尔德，泡点茶好吗?"女佣点头，离开了房间。"你们最好坐下来。"斯佩克特继续说。

　　"我从没想过事情会变成这样。"艾布斯说。

　　"我必须救他出来，斯佩克特先生，"玛莎解释道，"请你理解。"

　　"哦，我理解。我还理解，我现在窝藏了一个逃犯，不是吗?"

　　"这是一场误会，"玛莎坚持道，"绝不是艾布斯杀了保利尼。"

　　"不得不说，你对这个年轻人很有信心。希望他不要辜负你的

155

信任。我现在只知道，有一个在逃囚犯出现在我的书房里。我的好朋友弗林特探长一旦知道了这件事，必然会立刻赶来这里。现在，年轻人，你能说服我不把你交给他吗？"

"请听我说完，"艾布斯继续说，"如果你听了我的说法，你就会知道整件事有多荒谬。"

"好吧，我不否认，目前的情况已经足够荒谬。现在请说出你的理由，尽可能长话短说。我想我们的时间并不多。"

"好的。首先，我没有杀人动机。完全没有。在昨晚之前，我从未见过保利尼。其次，即便我有动机，我为什么选在这样荒唐的情况下动手？"

"孩子，你很清楚，这一点不具有说服力。大多数杀人者都是非理性的。杀人从根本上说是一种非理性的行为。"

"好吧。那么，我为什么要把手枪粘在自己手上呢？还有这个，"他拨开自己的头发，露出头上的伤口，"有人重击我的头部，让我失去了意识。"

"可能是保利尼在跟你拼命时留下的。"

"天啊！我要怎么做才能让你相信我没有杀他？"

斯佩克特观察了这个年轻人很久，然后露出了微笑："原谅我。有时候我不得不扮演魔鬼的代言人。站在最讨厌、最固执的批评家的角度看问题是有好处的，这样一来，我就知道我的好朋友弗林特会怎么想。关于这次犯罪，其实还有一种解释，但我不得不告诉你，艾布斯先生，你听了不会高兴。"

"请告诉我。"

"保利尼被杀，所有迹象表明你是最大嫌疑人，嫌疑大得可疑。而弗林特会认为，这一切正是你的设计。一种以真作假的把戏。换句话说，你知道他以前调查过密室命案和所谓的不可能犯罪。所以你故意陷害自己，但其实犯下谋杀案的本来就是你。"

"这么做太奇怪了。"

"但并非前所未有。弗林特会暗自称赞自己的聪明才智，同时寻找你谋杀瓦尔加的证据。你看，他一旦打定主意，就会反向调查。这与其说是让推理符合事实，不如说是让事实符合推论。"

"但这听上去太愚蠢了。"玛莎说。

"是吗？以前有人用这招骗过了警方。我只能说弗林特很幸运，他有我这个帮手。否则的话，这样的失误可能会更常见。"

"但只有犯罪天才会想出这样的计划，我只是一个普通人。"

斯佩克特仍然微笑着，不作评论。他转向玛莎："你做了一件勇敢的事，救出了这个年轻人。我只希望你做的是一件正确的事。"

这时，克洛蒂尔德来上茶了。"我来吧。"斯佩克特说。

"你现在明白我为什么带你来这里了吧？"玛莎对艾布斯说，"斯佩克特先生是最擅长解决这类问题的魔术师。如果有人能弄清隐藏的真相，那个人一定是他。"

"但愿如此，"斯佩克特一边倒茶一边说，"我需要跟弗林特和苏格兰场进行大量沟通。我相信你很清楚，英国的司法系统根本不讲逻辑。要证明你的清白，需要的不仅仅是常识。"斯佩克特静静地坐了一会儿，手指敲打着椅子扶手。"你看到那边的那幅画了吗？"

艾布斯随着他的目光看向房间另一头的墙壁。"看到了。"

"它隐含着整个问题的关键，也是对整个魔术行业的精准描绘。"

艾布斯皱起眉头，那是一幅木板油画，画中的魔术师正在为围观人群表演杯球魔术。但大部分围观者似乎对表演并不感兴趣，他们的目光都集中在其中一个人身上——他显然是个富人，看起来已经被魔术迷住了。

"这幅画是希罗尼穆斯·博斯的《魔术师》，"斯佩克特解释说，"同时也高超地展示了什么是误导艺术。你看，那个富人被杯球魔术吸引了。他身体前倾，以便观察魔术师手上的动作，试图看穿其中的小把戏。但是在他身后，你能看到一个小偷正在悄悄偷走他的钱包。"

"我不明白。"艾布斯说。这是他对目前为止整个晚上所发生事情的总结。

"可以说，它为我们提供了一个新视角。这幅画展示了一个骗局中的骗局。魔术——至少我们认为是魔术——实际上是一种误导。那个窃取富人钱包的小偷才是真正的魔术师。然而，骗局还有第三层。这幅画实际上有五个版本。没有人——哪怕是世界一流的艺术专家——知道哪一幅是原作，也不知道在每个版本的绘制中博斯本人参与了多少。因此，画的价值也就无法估量。可以说，这是现实中的杯球魔术。这幅画描绘的是一个骗局，但这幅画本身也是一个骗局。"

"你认为当下也是差不多的情况?"

斯佩克特点点头："肯定存在一个'异数'，我们要做的就是找到它。老弗林特盯上你了，他认为你是戈尔德斯格林抢劫案、迪恩案和石榴剧院命案之间的唯一联系，但他错了。实际上，我们应该把注意力集中在不幸的米克洛斯·瓦尔加身上。他为什么非死不可呢? 早上你们在游乐场里见面时，他有没有提到保利尼? 或者是否有任何迹象表明他打算去看魔术?"

"完全没有。"

"但是你认为他白天在跟踪你。"

"我觉得我在老贝利外面看到他了，仅此而已。"

"我们可以大胆地说，他在监视你的一举一动。"

"你认为这就是他出现在石榴剧院的原因？他是跟踪我到那里的？"

"某种程度上，是的。也许他不确定是否能信任你，所以他决定跟踪你，以便作出判断。也许在游乐场时他有事情没有告诉你，一些重要的事情。他或许是忘记了，或许是不敢说。也有可能是他不方便写下来或者让他们转达的事。也许，是有助于破解摩天轮谋杀的线索。"

"这就是他被杀的原因，"艾布斯断定，"我明白了……如果是这样的话，我知道他要说的是什么了。"

"哦，是吗？是什么？"

"很简单，一切都说得通了，我不敢相信我之前竟然没想到。他看见了博伊德·雷米斯顿对多米尼克·迪恩开枪。他一定看见了！只可能是这样。雷米斯顿一定是凶手。多米尼克·迪恩从摩天轮上看见了博伊德·雷米斯顿，所以他痛苦地叫起来，吸引了人群的注意。等摩天轮客舱下降到地面，雷米斯顿才扣动扳机，然后把枪扔进客舱里。愚蠢的卡拉·迪恩把枪捡了起来。"

斯佩克特双手指尖相抵，说："人们听到枪声时，迪恩夫妇还在半空中。"

"那是幻觉！或者他们听错了。目击者认为他们听到了枪声，实际上并没有！他们一定是事后才那样以为的。"

斯佩克特又一次扮演起恶魔的代言人："游乐场里一定很吵。

我猜各种各样的声音都可能被误认为枪声。"

"所以说我是对的，不是吗？博伊德·雷米斯顿在众目睽睽之下杀了多米尼克·迪恩。"

玛莎指出了显而易见的问题："那为什么没有人看到？"

斯佩克特面露笑意，他们已经触及问题的关键。

"让我想想……"艾布斯揉着太阳穴说，就好像这个动作可以让他紧张的大脑镇定下来，"是的！我想到了。米克洛斯·瓦尔加告诉警察，他看到博伊德·雷米斯顿离开犯罪现场。但如果是雷米斯顿射杀了多米尼克·迪恩，那么瓦尔加不是在撒谎就是弄错了。如果他是在撒谎，那是因为有人收买了他。我认为很可能是这样。这解释了为什么我早上去见他时，他没有说出全部实情。这也能解释他为什么跟着我。他感到良心不安。他戴着一个十字架，应该是个虔诚的人。我想他一时软弱收了钱，没有告诉警方他那晚看到了什么。也许我的出现让他重新考虑了这件事。这就是为什么他要跟踪我。他改变了主意，他想告诉我真相。"

斯佩克特依然带着笑容："你认为他在你身上看到了……正直？这让他感到良心不安，并在你离开戈尔德斯格林游乐场后一路跟踪。"

"是的，这是我的看法。"

"嗯……"终于，魔术师开始主导对话，他从银盒里拿出一支小雪茄点燃，"首先，准确地说，米克洛斯·瓦尔加没有告诉警察他看到博伊德·雷米斯顿从摩天轮所在的场地离开。他说他看到了一个外表阴险的跛脚男人。我们推断此人就是博伊德·雷米斯顿，是基于后来雷米斯顿出现在银行的事实。不过，为了方便讨论，我们仍遵循你的推理。米克洛斯·瓦尔加看见了雷米斯顿射杀多米尼克·迪恩，然后被人收买或恐吓，在这件事上撒了谎。这就意味着，其他目击者也在撒谎，包括兰瑟姆医生在内的所有人。"

"只有兰瑟姆医生和瓦尔加明确提到从现场离开的跛脚男人，其他人根本没提。我有一个想法，也许雷米斯顿先用装了消声器的手枪射杀了迪恩，然后用没有消声器的手枪开了第二枪，吸引人群的注意。这样的话，雷米斯顿确实可以在迪恩'中枪'的同时离开现场。"

"但是每个目击者的证词都包含一个细节，他们听到枪声时迪恩夫妇还在摩天轮上。"

"他们都搞错了！"艾布斯反驳。他越来越沮丧。可以说，他们一直在原地打转。

斯佩克特吐出一口呛人的烟："理论上，你的想法没错。假设泰特斯·皮尔格里姆是这一切背后的主谋，他完全有能力收买或恐吓一些目击者，让他们作伪证。自然，皮尔格里姆会确保在枪声响起的同时，他自己有完美的不在场证明。博伊德·雷米斯顿——当然是假名——可能永远不会被找到。从某种程度上说，这是一场完美的犯罪，只有一点说不通。"

"你指的是什么？"

"卡拉。瓦尔加和兰塞姆说谎并不奇怪，但卡拉为什么说谎？她不会被收买，特别是在她的生命和自由都岌岌可危的情况下。即使是泰特斯·皮尔格里姆的威胁，也不足以让一个死囚闭嘴。"

艾布斯皱眉道："我太蠢了，完全忘了卡拉。"

"你不必自责。我确实认为你的想法不错，有可取之处。你解释了米克洛斯·瓦尔加的不合理行为。他屈服于皮尔格里姆的势力，却无法坦然地在上帝面前作伪证。在这种情况下，他的确很可能跟踪你，等待合适的时机，然后告诉你真相。"

艾布斯敲着自己的额头说："我怎么能忘记卡拉呢？难以相信。如果博伊德·雷米斯顿对迪恩开枪，卡拉会看到整个过程。不，不，我的想法根本行不通。"

"你的想法已经具备真相的大致轮廓，"斯佩克特安慰道，"但我们可能正在从错误的角度分析问题。不变的事实是，泰特斯·皮尔格里姆的影子依然无处不在。"

就在这时，有人突然敲门，声音很大，令人不由自主地屏住了呼吸。艾布斯看向玛莎，二人十分紧张，面面相觑。

"哎呀，哎呀，"斯佩克特说，"又一位计划之外的访客，会是谁呢？克洛蒂尔德，你可以带艾布斯先生上楼吗？玛莎，请你留在这里。"

艾布斯默默跟着女佣穿过走廊，来到楼上，被安顿在靠后的一间小卧室里。房间很普通，是在随便一家海滨旅馆都能找到的那种。克洛蒂尔德拉上窗帘，在床边点了一支蜡烛，然后期待地看着他。

由于不确定她在期待什么，艾布斯只好说道："谢谢。"

她行了个屈膝礼，走到门口，把门带上了。艾布斯的心怦怦直跳，双手抱着头倒在床上。他隐约听到楼下有动静，地板在吱呀作响，于是从床上爬起来，把耳朵贴在薄木门上。他当然知道，会在这个时间来拜访斯佩克特的人只有一个。

第十一章　围墙外面

"弗林特，我亲爱的朋友。快进来暖和暖和。"

"我想你知道我为什么来。"弗林特探长说。

"是的，恐怕我知道。"斯佩克特说着，把穿着大衣的探长请进门。

"我不明白，你怎么总能在我开口之前就知道我要说什么？克洛蒂尔德呢？我很少看到你亲自来开门。"

"克洛蒂尔德在忙。她马上就下楼。到客厅来，在那里说话更舒服。"

"你知道那个傻瓜艾布斯越狱了？"

"是的，还不清楚他是如何做到的。"

"如果连你都搞不清楚，那我们其他人就更指望不上了。事实是，前一秒他还在牢房里，下一秒他就消失了。见鬼，现在警局里的每个人都觉得丢脸。你老实告诉我，你现在还相信他是无辜的吗？"

短暂的停顿后，斯佩克特压低声音说："说实话，是的。我认为他是个傻瓜，容易被误导和利用，但我不相信他是个杀人犯。"

弗林特哼了一声："嗯，我猜玛莎参与了这件事。我已经派胡克去她家了，看看那边能查到什么。"

"我明白了。你认为玛莎是他的同伙？"

"有可能。"

"但他们的目的是什么呢?"

"或许是杀人交易。这种事以前发生过。玛莎帮艾布斯杀了多米尼克·迪恩,艾布斯帮玛莎杀了保利尼。这在某种程度上说得通。"

斯佩克特对此表示怀疑:"是吗?我觉得你应该解释一下,艾布斯杀迪恩的动机是什么。"

"也许他爱上了卡拉,也许他们之间有不为人知的长期婚外情。毕竟,我们要相信卡拉·迪恩关于她的婚姻的看法。"

"有趣的想法。"

"斯佩克特,不要卖关子了,把你的真实想法告诉我。"

"好吧,好吧。"斯佩克特清了清嗓子,站起身来,这让他看起来更高了,"我很想知道泰特斯·皮尔格里姆在其中扮演了什么角色。"

"没错!"弗林特大声道,"我也想知道!我敢打赌,他一定是幕后黑手。也许玛莎和艾布斯都为他工作,也许他才是和卡拉有婚外情的人……"

"得了吧,弗林特,你这是典型的妄想症表现。你在无中生有,和那些在云中找人脸的傻瓜一样。"

"哦,好吧,"弗林特说,"换你说。"

在客厅门口看到玛莎时,弗林特一下子愣住了:"啊,晚上好,小姐。我……我不知道你……"

"放轻松,探长,"玛莎说,"晚上好。"

"喝点东西,暖和一下?"斯佩克特提议。

弗林特婉拒了,他还没从看见玛莎的惊讶中回过神来。

"那么，是什么风把你吹来了，探长？"

"你非要明知故问吗？有新情况，而且是很坏的情况。老实说，我自己也不相信艾布斯会杀保利尼。我同意你的看法，一切都太不自然了。但那个年轻人已经认罪了。"

"认罪？"玛莎往前坐了坐。

"嗯，差不多吧。不是口头，而是行动上的认罪。他逃出了牢房，不知道在伦敦哪里逍遥。这不等于认罪吗？"

斯佩克特点燃一支小雪茄，说："我明白了。根据你的意思，他根本没有认罪，只是消失了。完全是两码事。"

"无罪的人为什么要逃？"

"我能想到很多原因。首先，他害怕了。其次，他想自证清白。"

"他能怎么做？"

斯佩克特耸耸肩："我只是推测。但能看出，他给苏格兰场制造了麻烦。"

"你有什么建议？"

"首先，我建议你放下职业操守，来杯威士忌。它会让你打起精神，驱散这个寒冷而徒劳无功的夜晚带来的疲惫。"

显然，弗林特很想听他的。他惆怅地朝玛莎的方向看了一眼。

"不用在意我，探长。别忘了，这个案子对我来说也很重要。毕竟，保利尼是我的雇主。至于艾布斯先生……嗯，你可以说我对他很有好感。"

"请原谅，小姐，我很想喝一杯。"

斯佩克特笑着倒了一杯威士忌给弗林特。弗林特慢慢地抿了一口，满足地叹了口气。"不错，"他说，"不错。"

"感觉好些了？"斯佩克特问，"那么，你打算从哪里查起？"

"好问题。我一点头绪也没有。或许从瓦尔加和两个板条箱开始，案情的这个部分真让我头痛。因为后台每个人的证词，整件事才变得难以理解。板条箱一直被至少两个人看着，没有人能偷偷把尸体塞进箱子里。"

"不对，"斯佩克特说，"的确有一具尸体被藏在其中一个箱子里。根据事实，这并非不可能。我们必须改变对整件事的看法。我们必须寻找漏洞，哪怕是最小的盲点。"

"那你知道漏洞在哪儿吗？"

"目前还不知道。但相信我，弗林特，世界上没有人比我更擅长寻找破绽。多米尼克·迪恩被杀当晚，瓦尔加和兰瑟姆医生看到的那个神秘人，传说中的跛脚男人，博伊德·雷米斯顿，你们找到他了吗？"

"你觉得呢？当然没有。和其他线索一样，是死胡同。即使我们找到他，当时他也在地面上，而凶案发生在离地面 50 英尺的高空。我们无法证明是他杀了人。"

玛莎轻轻地清了清嗓子："恕我直言，我认为地面上的人有很多方法可以实施空中的谋杀。"

斯佩克特和弗林特都期待地看着她。

"嗯，"她继续说，"在遇到保利尼之前，我和我哥哥在马戏团里待过几年。我哥哥是魔术师，我表演的则是空中飞人。所以，我认为一个身手敏捷的杀手可以相当轻松和迅速地接近摩天轮。"

弗林特轻蔑地哼了一声："请原谅我，小姐，即便以我们的目力，也是能看见空中杀手的。"

玛莎皱着眉说："你高估了目击者们。想想地上的灯光和噪声。一个穿黑衣的杀手可以轻易爬上摩天轮，遁身于夜空。"

"连迪恩夫人都发现不了吗?"

"好吧,既然你执意为难,我就再告诉你一件事。马戏团还有一项射击表演,有个家伙可以让射出去的子弹转弯,击中篱笆上的一排瓶子,诸如此类。"

弗林特想了一下说:"你是说,地面上的人向上开枪,效果却可以和水平发射一样?"

"我不是专家,但我认识的那个家伙肯定能完成这样的壮举。"

弗林特揉了揉下巴,喝完了威士忌。

"再来一杯?"斯佩克特问。

弗林特点头,老魔术师又给他倒了一杯酒。"现在并不是这种情况。别忘了,武器专家证明子弹是近距离射出的。换句话说,开枪的位置离多米尼克·迪恩不到两英尺。"

玛莎想了想说:"我仍然认为这是有可能办到的。"

"嗯,好吧,我们只能各自保留不同意见。但有一个不争的事实是,瓦尔加肯定是因为看到了不该看到的东西才被杀的。或许一开始他没放在心上,后来他跟着艾布斯,想找个机会再跟他谈谈。但情况紧急,他必须尽快把知道的事情说出来。他跟着艾布斯进了剧院,不幸的是,他没有躲过追杀。"

一直异常安静的斯佩克特说:"那保利尼呢?"

"哦,到目前为止,艾布斯是唯一跟这三起谋杀案都有关联的人。他之前在调查第一起案件,又出现在后面两起案件的犯罪现场。"

"但我们仍然缺少他杀害保利尼的动机。事实上,据我所知,年轻的艾布斯是保利尼的崇拜者。而且,我不得不说,他似乎不是那种会使用暴力的人。"

"他们很少让人看出来。"弗林特说。他站了起来，正在欣赏房间里的各种恐怖收藏品。

"没想到你还是个狂热的布道者，斯佩克特。"弗林特看着桌子上的黑色大书说。

"嗯？哦，我明白了。我之前想查看其中一节……"他看了玛莎一眼，"也许我应该告诉你，那不是一本普通的《圣经》，而是俗称的'邪恶圣经'，极其稀有，严重亵渎神灵。"

弗林特正要去摸书的封面，闻言像被烫到了似的把手一缩。

斯佩克特笑了起来："不用担心，它原本是詹姆斯国王钦定版的重印本，只不过犯了一个严重的排印错误。其中一条戒律省略了一个'不'字，具体地说，是关于通奸行为的那条。不用说，十七世纪的社会不会接受'汝可奸淫'这样的戒律，这是巨大的丑闻。最终'邪恶圣经'的大部分副本都被召回和销毁了。我手中这本便成了珍品。"斯佩克特显然进入了沉思状态。然后，他继续说道："很有趣，不是吗？一个单词的缺失就颠倒了本意。让人不禁想问，还有哪些细微的焦点转移会从根本上改变我们的看法？"

"你在想那个反锁的化妆间，对吧？"

"是的，更具体地说，我在想那个水槽。"

"哦，大概杀手能从那里逃出去，从排水孔逃走。我的天！"弗林特被一个玻璃柜里干瘪的生物标本吓了一跳，那是某种恶魔般的爬行动物，面目狰狞，身上长满鳞片。在昏暗的烛光里，它像是凭空出现的一样，正向他扑过来。

"别告诉我你从没见过人鱼。"斯佩克特笑着说。

"这到底是什么东西？"

"不用惊慌，它是完全无害的。1546 年出现在丹麦海岸、被称为海僧侣的生物，你应该不陌生吧？"

"不，非常陌生。"

"嗯，有人认为那只海僧侣是一种人鱼，实际上只是一个精心制造的骗局。那些欺诈大师所做的事，就是捕获某种软骨鱼，用手把它捏变形，最后用化学手段处理，使其维持神话中怪物的样子，比如蛇怪。你面前的便是其中一例，也是现存最古老的'怪物'之一，保守估计，可以追溯到 1600 年左右。"

"这东西让我感到不适。"

"的确。对几百年前的人来说，它很可能是噩梦的源头。很受启发，你不觉得吗？一个人眼里的恐怖怪物，在另一个人眼里只是一条死鱼。这难道不是在提醒我们要正确看问题吗？"

弗林特暴躁地回答："不，我不觉得。现在，我希望你说实话，斯佩克特，你到底是怎么看的？"

"坦白地说，就这次的案子而言，很难从细节看到全局。首先，假设杀死保利尼和多米尼克·迪恩的是同一个人，那么凶手两次杀人的动机是什么？据我所知，这两个人之间没有任何联系，我们同样无法理解谋杀是如何发生的。如果我们认定年轻的艾布斯先生就是凶手，那就必须回答几个重要的问题，即他为什么把自己反锁在房间里，为什么把凶器粘在自己的手上，为什么把自己打晕。"

弗林特斜眼看了一眼斯佩克特："你是在嘲笑我吧，对吗？你知道，我必须把他抓起来，不管看起来多么不可能，我也不能仅仅因为谋杀方式很愚蠢就排除他的嫌疑。说不定他是个疯子。哦，我知道他看上去不像，但外表是具有欺骗性的。"

"这一点，"斯佩克特说，打了个响指，变出一张梅花 J，"我同意。"

"我一直在调查内德·温切斯特。"

"结果？"

"请原谅我这么说，玛莎，在我看来他似乎是个无辜的傻瓜。他曾经的确触犯法律，但主要是酒吧斗殴之类的轻罪，我不认为他能做出如此复杂的事情。"

"这一点，我也同意。"斯佩克特说，"然而，内德·温切斯特这类人很容易被不怀好意之人利用，在不知不觉中参与犯罪。"

"你认为他昨晚被人利用了？"

"我还不知道，但至少可以说，他昨晚出现在石榴剧院后台这件事很有趣。"

"然后是法布里斯，关于他我没什么可说的。"

"没有？为什么没有？"

"嗯，我想不出他如何作案。不要忘了，他一直被绑在板条箱里。"

"仅在尸体被发现时。我想他完全可以事先杀人。"

"时间不允许。从时间上看，他不可能作案成功。"

"是的。但从时间上看，他们都无法作案，不是吗？瓦尔加被杀时，阿尔夫在门口守着，温切斯特、柯普、玛莎和法布里斯则在西德尼·德雷珀眼皮底下。之后，西德尼将法布里斯绑在了板条箱里，法布里斯本人和内德·温切斯特可以作证。如果只把注意力放在时间线上，我们恐怕注定要失败。聪明的杀手在极力误导我们对后台事件的看法，当然还有保利尼被杀案，都是认知问题。请不要再愚蠢地认为艾布斯是凶手。毕竟，警医可以作证，他的头部受到重击，很可能使他失去了意识。还有一个问题是，为什么他要在一个反锁的房间内行凶，把自己变成唯一的嫌犯。动机则更没必要讨论，简单地说，他没有任何作案动机。"

"越听越像迪恩案的翻版。"弗林特说。

"你说得对。这意味着两种情况，要么是同一个凶手使用了同样的作案手法，要么是第二个凶手试图在两场不相关的谋杀之间建立联系，来误导我们的侦查方向。"

"你认为是哪一种?"

"我不知道。一旦弄清了这一点，我想我们就能一举破案了。但我还有几个问题。例如，昨晚瓦尔加意外出现在保利尼剧院，从这件事上，我们可以推断出什么? 有两种可能。要么他要把一件之前没有提到的事告诉艾布斯，某个被他忘记、看似微不足道细节，并且刻不容缓。要么他是去警告艾布斯的。"

"警告他什么?"

"威胁。"

"这就意味着瓦尔加本人在某种程度上要对迪恩之死负责。"

"也许是的，我们可能永远不会知道答案。可以确定的是，无论他打算在石榴剧院做些什么，他都没来得及完成就被杀了。关于银行抢劫案，你还知道些什么，除了已经见报的部分?"

"哦，尽管泰特斯·皮尔格里姆有不在场证明，但我仍确信是他干的。"

"为什么?"

"从案情和作案手法上看，跟皮尔格里姆过去的犯罪行径很相似。"

"那个死去的值夜保安是什么情况?"

"哦，那是一个失误。皮尔格里姆对错误的容忍度很低。我得承认，保安的死在意料之外，不符合皮尔格里姆的风格。"

"可怜的莫里森当晚本来并不需要值班，而是在最后一刻才接到这个任务，我这样想对吗？"

"银行通常没有值夜班的人，但那天晚上多米尼克·迪恩决定让莫里森赚点加班费。"

"结果让他付出了生命。"

"是的，也许是让他们都付出了生命。"

"这就引出了另一个逻辑问题，"斯佩克特说，"我们进行推理的前提是假设多米尼克·迪恩参与了抢劫，出于某种原因为泰特斯·皮尔格里姆效力。既然如此，在明知道会发生什么的情况下，他为什么要在当晚采取额外的安保措施？"

"你说的没错，"弗林特叹了口气，"这完全说不通。"

"还有其他嫌疑人和泰特斯·皮尔格里姆之间有联系吗？"

"可以说有，也可以说没有。你可能不知道，皮尔格里姆拥有石榴剧院的股份，很可能是他洗黑钱的一种手段。"

斯佩克特沉思着闭上眼睛："有可能，据我所知，他曾经参加过本杰明·提索尔的演艺界宴会。皮尔格里姆就像一个在罪案里徘徊的幽灵。首先是戈尔德斯格林银行抢劫案，然后是迪恩谋杀案，瓦尔加谋杀案。"

"那保利尼呢？"

"这也是我一直问自己的问题。那保利尼呢？"

"当务之急还是找到艾布斯。"

"哎，弗林特，你不认为还有更紧迫的事要处理吗？"

"不，我不认为！那小子有所隐瞒。"

玛莎刚要说话就被斯佩克特抢先了："相信我，弗林特，他没有。"

"你就这么确定?"

"哎,看在上帝的分上,我本希望不必说出来。他越狱后直接来了这里。他已经绝望了,希望我能查明一切,帮他洗清嫌疑。"

"他来过这里?"弗林特语气平和,但他的脸已经涨红了。

"弗林特,没有必要发火。埃德蒙·艾布斯与谋杀案没有任何关系。"

"他……来过这里?"弗林特重复了一遍,气得要发抖。

"弗林特,理智点!"

"理智?"弗林特咆哮道,"他给一个警官下药,让整个苏格兰场看起来像一个无能的机构。"

"继续纠缠一个无辜的人只会显出你们的无能。"

"他在哪儿?斯佩克特,别怪我翻脸,我可以直接把你扔进牢房。"

斯佩克特笑了起来。从很多方面来说,他做了这辈子最坏的决定。唯一比这更坏的决定是在此时说出实情。但这就是他接下来所做的事。他说:"埃德蒙·艾布斯在楼上。在我们谈话的过程中,他一直在楼上。在经历了恐怖的 24 小时之后,他得到了急需的休息。"

弗林特站起来,登上楼梯。"在哪儿?"他问道,"哪个房间?我要见他。"

"楼上,"斯佩克特大声说,"右边第二间。"

吱呀一声,门被推开了。随后,沉默持续了几秒,弗林特冲下楼。"他不在那儿。"

"又逃走了吗?"斯佩克特不慌不忙地说,"我猜他听到了我们的谈话,可能不太喜欢听到的内容。"

弗林特走近斯佩克特，压低了声音说："我只能说，斯佩克特，你最好为我们找到凶手。如果真凶就是艾布斯，我可不会为后果负责。"

正如斯佩克特所说，艾布斯从楼上藏身的房间溜了出来，蹑手蹑脚地走下狭窄的楼梯，在客厅门口偷听他们谈话。他听到了一切，但这不是他逃跑的原因。事实上，他之所以逃跑，是因为他已经解开了谜题，至少知道了部分答案。弗林特和斯佩克特的谈话让他想到了一些东西，迪恩谋杀案的真相终于清晰起来。他知道了迪恩是如何、为何被杀，以及最重要的，被谁所杀。当斯佩克特告诉艾布斯，答案一直在他的脑海里时，他是对的。这句话看似无关紧要，却包含了整件事的关键。现在他知道了多米尼克·迪恩必须死的原因，也就能理解一切：瓦尔加，保利尼，甚至是拉扎勒斯·伦纳德。

但他现在必须要离开那栋房子。他不敢冒险从前门出去，弗林特看起来是独自来的，但艾布斯可以想象他的一两个部下就在外面潜伏着。所以他穿过走廊，来到了房子的后方。那里一片漆黑，他试着拧动门把手，溜进了冷飕飕的起居室。房间另一头点着一支蜡烛，克洛蒂尔德一动不动地坐在一把高背椅上，看着他。他竖起食指示意不要出声，然后朝后门走去，外面是一个小院子。克洛蒂尔德目送着他踏入夜色之中。

花园边缘有一道摇摇欲倒的木围墙，他迅速翻了出去，发现外面是一条铺着鹅卵石的小巷，巷子的一头有一盏昏暗的路灯。就在这时，他看见了他们。

远处有两个男人的身影。他们没有穿制服，似乎穿着大衣，戴着圆顶礼帽，总之不是标准的警服。显然，他们一直在那儿等着艾布斯现身。他沿着小巷朝反方向离开，不小心发出了啪嗒啪嗒的脚步声。他得赶紧离开。

来到小巷另一头，他被一堵砖墙拦住了去路。他伸出手，想攀上去，但那墙实在太高了。他回头看了一眼，那两个男人离他越来越近了。他看不见他们的脸。他不用看也知道来者不善。其中一个人把手伸进外套里，掏出了一个又长又黑的东西。起初，艾布斯以为那是一把左轮手枪，但实际上是一根短棍。

他退到墙边，靠在冰冷的墙面上。这时，他们已经追上他了。

"喝一杯吧，弗林特。你是个好人，也是位好朋友。我知道我算不上最好相处的人。我想我已经耗尽了你的耐心，但还是请你帮我这个忙：相信我。"斯佩克特用一只手搂住弗林特的肩膀，带他回到火炉旁的椅子上坐下，给他倒了一大杯威士忌。弗林特感激地一饮而尽。

"我需要好好睡一觉。"弗林特说。

"你完全可以留在这儿，尤其是在艾布斯不领情的情况下。"

弗林特微微一笑："不，我得走了。毕竟外面有个逃犯，他不可能走远的。"

离开了朱比利路时，弗林特的脚步轻盈了许多。威士忌真是个好东西，斯佩克特想。

老魔术师回客厅时，发现玛莎在外面等他。看到他担忧的表情，她脸上的笑容消失了。"怎么了？没什么事吧？艾布斯已经逃走了。"

斯佩克特瘫坐在书桌前，揉着额头。"哦，上帝，"他说，"希望这不是一个严重的错误。"

"什么意思？什么错误？"

"放走他。"

"但他是无辜的，不是吗？"

下一秒，克洛蒂尔德出现在书房门口，朝他们招了招手。斯佩克特和玛莎跟着她来到后面的厨房，看见后门半开着。斯佩克特走到外面，在夜晚带着凉意的空气中划了一根火柴，检查着地面。

"他翻出去，到了外墙外面，"斯佩克特说，"就像我预料的那样。但之后……"

走到花园边缘，老魔术师打开院墙上的一扇木门，和玛莎一前一后走进小巷里。他盯着地面说："脚印，刚留下的。"

玛莎看不清暗处的脚印，问道："朝哪个方向走了？"

"两个方向都有脚印。向右走，那边是死胡同。然后调头，走向大路。"

"这么说他真的逃走了？"

"你想错了，玛莎。朝大路走的有两组脚印，却都不是艾布斯的。他确实走了，但并不是自愿的。我敢说，他是被人抬走的。"

"可是……我不明白……"玛莎争辩道。

"我们遇到职业绑匪了。我怀疑可怜的艾布斯先生根本不知道自己惹了什么麻烦。"

"你是说泰特斯·皮尔格里姆？"

"完全正确。"

回到书房，斯佩克特开始在壁炉前踱步。他不止一次地走向桌上的电话，却始终没有采取行动。"不，"他反复说，"不行。"

"什么不行？"

"事到如今，我不能给弗林特打电话。他有自己的线索要追踪。玛莎，恐怕你和我必须在没有警方介入的情况下救回艾布斯先生。"

"我们该怎么做？我们甚至不知道他被带到哪儿去了。"

斯佩克特第一次用急促的声音说："很遗憾，你没把他留在牢房里。要知道，他在那里可能才是安全的。"

"对不起，"玛莎说，"我只是想帮他。"

斯佩克特的态度立刻软化："我知道，而且差一点就成功了。艾布斯先生在某些方面表现得非常愚蠢。但在另一些方面，他实际上非常聪明。"

"什么意思？你在说什么，斯佩克特先生？"

"我的意思是，他已经知道谁是杀死多米尼克·迪恩的真凶了。我希望他不会为此丢了性命。"

第十二章　最后一程

艾布斯在移动。他不知道要去哪里，或者和谁在一起，但他知道他在移动。一些朦胧的童年回忆浮现在他脑海里：他坐在一条小木船里钓鱼，被阳光、水和空气包围。

现在却是一片漆黑。

他的脑袋随着引擎的振动隐隐作痛。他身在某种交通工具里，但什么也看不见。他的双手被绑在身前。有什么东西蒙着他的眼睛，挡住了视线……

突然，头上的麻袋被拿掉了，他发现对面是一个他从未见过的人。

他眨了几次眼睛，拼命想把这个人的特征刻在脑子里。他必须记住。

随后他想到，这个人在他面前露脸一定是有原因的。这意味着，艾布斯很快就会永久失去行动力。不然的话，自己会变成巨大的隐患。

"这是哪里？"他问。或者说，他想问。他的喉咙很干，几乎发不出声音。

"你很快就知道了。"这个人的声音带着杀气。他面容瘦削，两颊凹陷，有一双往外突出的蓝眼睛。他没有头发，但留着灰白的胡须。年龄在 40 岁左右。

他在一辆福特 A 型小货车里。橄榄绿的车身并不显眼，这种车经常载着食品和生活用品在安静的街道上行驶，艾布斯每天都能看到。它们不会引人注目，也无法被追踪。

货车摇摇晃晃地停下来。后车门打开了，昏暗的灯光下出现一个男人的轮廓，显然是司机。他和他的同伴不同，身材肥胖，有一头乌黑的长发，戴着一顶软毡帽。"怎么样，布兰宁？"他说。

瘦脸男人斜眼看了看艾布斯，笑着说："你看，艾布斯先生，我们不必担心被你听到名字。我的确叫布兰宁，这个家伙叫基根。我们是你这辈子最后见到的人。现在，起来吧。"

布兰宁把艾布斯从货车里推了出去。他脸朝下摔在泥地上，受伤的肩膀传来一阵剧痛。他呻吟着翻过身，用胳膊肘支撑着身体，向四周看了看。借着附近路灯的光，他看见了一块彩绘指示牌，随即发出诡异的笑声。

"你在笑什么？"布兰宁说着，狠狠地踢了艾布斯一脚。艾布斯呻吟起来，他的两根肋骨断了，喉咙里涌出血腥味。然而，伴随着疼痛的蔓延，他又开始咯咯咯地笑。

"这个地方，我预感到最后会来这里。你们是皮尔格里姆的人，对吧？"

游乐场里的设施和装饰物都透着阴森，像阴影里的巨大墓碑。远处如庞然巨兽般若隐若现的，正是摩天轮。

"哎，艾布斯先生。不告诉你真相就杀了你实在让人遗憾。但我们要服从命令，对不对，布兰宁？"

"没错，基根先生。"他从外套里拿出一把左轮手枪，枪口对准艾布斯，"这边走，我保证给你个痛快。"

"别着急。"有人说。一个身形壮硕的人从阴影里走了出来。

"很高兴又见面了，艾布斯先生，"泰特斯·皮尔格里姆说，"但你似乎并不想见到我，真是遗憾。我有一些问题，希望你能马上回答。"

"放我走，"艾布斯跪在地上说，"这样对我们都好。我一个字都不会说出去。"

"啊，我也想相信你，但这是不可能的。至少，你要先回答完我的问题。之后嘛……我们再说。首先，我想知道你是什么时候想通的？"

"想通什么？"

"别装傻了。我知道，你要是没有破解迪恩的案子，是不会从斯佩克特那里逃出来的。"

"我发现真相，是在离开斯佩克特家之前大约 2 分钟。有趣的是，其实答案已经在我的脑子里转悠了一整天。不管怎样，从早上开始就在了。"

"她告诉你了，对吗？"

"没有。迪恩夫人在牢里一直非常谨慎。尽管如此，她还是说漏了嘴。她可能完全没有意识到。"

泰特斯·皮尔格里姆喷了两声，说："她太不小心了，枉我费尽心机。"

至少在接下来的几分钟里，艾布斯扮演起大侦探的角色。他呻吟着站起来，看着泰特斯·皮尔格里姆的眼睛。他想，可以争取足够多的获救时间。"你知道，我之前很难判断，卡拉·迪恩到底是最有可能作案的人，还是最不可能作案的人。后来我意识到，这正是问题的关键。她其实一直是最有可能作案的人，是你的设计把她变成最不可能作案的人，不是吗？"

皮尔格里姆从大衣内袋里拿出一支雪茄，咬掉烟头，恶狠狠地吐到地上。见他没有回应，艾布斯继续说："她杀了迪恩。我从各个角度分析过案情，她是唯一能完成这桩谋杀的人。"

皮尔格里姆不情愿地说："你没有我想的那么傻。没错，当然是卡拉·迪恩开枪打死了她的丈夫。他们当时可是在摩天轮上，天哪！"他大笑起来，呼出刺鼻的烟味。

"这正是你的计划，不是吗？我一直以为多米尼克·迪恩是你为了抢劫银行安排的内线，其实那个人一直是他的妻子。"

"告诉我，"皮尔格里姆盯着远处说，"她对你说了什么？她是怎么暴露的？"

"是凶器，一把纳甘 M1895，俄国手枪。我仍然不知道枪是从哪里来的，但这不重要。重要的是，那把枪能装七颗子弹。我在多米尼克·迪恩死后了解到，他习惯空出膛室，以防走火。卡拉·迪恩知道这个习惯，尽管她声称对那把枪一无所知。她从未碰过，甚至从未细看过那把枪。可她今天却无意中提到了'让另一个人挨六颗子弹'。

"正常来说，一般人会认为凶器和普通左轮手枪一样，最多能装六颗子弹。如果是这样，考虑到迪恩的习惯，他会装五颗子弹。按理说，她当时说出的话应该是'让另一个人挨五颗子弹'，可她说的是六颗。这说明她知道，即便留出一个空膛室，那把枪也能装六颗子弹。"

"她可能说错了，"皮尔格里姆说，"或者说，你可能曲解了她的本意。"

"是的，你说的没错。所以我的论点在法庭上根本站不住脚。但是这足以让我相信她说了谎，她说她之前从未碰过凶器。如果她在这件事上撒了谎，那么在其他事上呢？"

艾布斯长长地吁了一口气，接着说："从一开始，我就有一点想不通。如果多米尼克·迪恩是内线，他为什么要让亚瑟·莫里森在计划抢劫的当晚值班？作为同谋者，却给自己参与的计划设置障碍，还让那个可怜的老人白白丧命，这真是毫无道理。所以我重新提出了假设：如果多米尼克·迪恩根本没有参与抢劫案呢？但肯定有人参与了。如果不是他，会是谁呢？为什么他后来非死不可？"

"换个角度思考，问题就不那么复杂了。银行里的好几个人都有嫌疑，菲利克斯·德雷文、凯什小姐等人，但是谁能接触到多米尼克·迪恩的私人文件呢？谁能获取连他的雇员都不知道的机密信息？谁能在不引起怀疑的情况下，从他那里窃取情报？实际上，只有一个人能做到。卡拉·迪恩。

"我不知道你和她是不是情人。也许卡拉只是个不择手段的剥削者。不管怎样，她是一个成功的骗子。她设法从她丈夫那里获取内部信息，传递给你和你的手下。你们利用这些信息策划抢劫。但是你和卡拉勾结的时候，没有考虑到一件事，那就是多米尼克的多疑。你们低估了他对他妻子的了解程度。他感觉到了不对劲，这就是他临时要求莫里森在事发当晚值班的原因。嗯，接下来发生了什么，我们都心知肚明。

"可想而知，多米尼克因为怀疑得到证实而感到恐惧，他的同事都注意到他行为异常。他的妻子背叛了他，还导致可怜的亚瑟·莫里森枉死。

"所以夫妻之间的猫鼠游戏开始了。丈夫知道妻子出卖了他，妻子知道他知道了。卡拉·迪恩是一个冷酷无情的女人，她不愿意冒险。于是，她想出了一个办法，是我见过最聪明的一种。

"十分高明的双重诡计，一场确保自己永远不会被定罪的谋杀。她在凶手只可能是自己的情况下，开枪杀了她的丈夫。但她也知道，控方永远无法说服陪审团相信她有罪。她犯下罪行，然后指望你，皮尔格里姆先生，在证人心中撒下怀疑的种子。你收买了两个人，其中一个是米克洛斯·瓦尔加，让他们谎称见过一个幽灵般的袭击者，一个神秘的跛脚男人。另一个被收买的人是兰瑟姆医生。你花钱让他们散布关于'博伊德·雷米斯顿'的虚假信息，其实并无此人。这个名字是'无人先生'的变位词。①这位无人先生完成了他的使命，四个字：合理怀疑。你不需要证明她无罪，你需要做的是制造怀疑。只要你提供足够多的疑点，转移注意力，陪审团就无法在排除合理怀疑的情况下给她定罪。即便内心知道她是真凶，存在另一个杀手的可能性也足以阻止她被定罪。

"比起那些声称自己'没见过'某人的人，陪审团更相信声称自己'见过'某人的人，这是由人的内在心理偏见决定的。你无法证明一个否定句。这就是为什么只有说谎的兰瑟姆医生和不幸的米克洛斯·瓦尔加被收买。在说服力上，二人提供的博伊德·雷米斯顿曾经出现过的证词，将远远超过其他所有声称没有这个人的证人的证词。事实上，这些虚假陈述在法庭上的冲击力，甚至可以让其他证人产生一些错误的记忆。

"这还不是全部。下一步堪称杰作。有人——是在场的某位先生吗？——假扮成'博伊德·雷米斯顿'在银行露面，给凯什小姐和其他员工留下了印象。我最初以为凯什小姐也是你的同谋，实际上她和我们其他人一样上了当。疑似凶手的人在案发之后再度现

---

① 把 Boyd Remiston 的字母重新排列，得到 Mister Nobody。

183

身，这个设计的唯一目的是增强虚假证词的说服力，让人们相信博伊德·雷米斯顿是真实存在的人。

"这样一来，控方一定会陷入困境，媒体会提出让人无法回答的问题，因为答案并不存在。卡拉开枪打死了她的丈夫。她是唯一能做到这件事的人。但她的嫌疑似乎过于明显，反而让我无法轻易相信。并且她手上没有火药，一个称职的辩护团队可以用这个细节来帮她脱罪。事实上，她可以想各种办法不在身上留下火药，比如事先戴上手套，事后悄悄丢掉。然而，通过把注意力转移到一个明显的矛盾点上，人们就很可能对她有罪的合理性产生怀疑。

"假博伊德·雷米斯顿的出现还将焦点转移到多米尼克·迪恩身上。我承认，我之前相信他一定参与了戈尔德斯格林抢劫案。可他没有。他只是一个不幸的人，遭遇了不幸的结局。"

皮尔格里姆开怀大笑："精彩！很好。我想即使是约瑟夫·斯佩克特也会为你感到骄傲。我喜欢你的说法，'一个不幸的人，遭遇了不幸的结局'。很像你，是吧，艾布斯？现在，从一个嫌疑人，到另一个嫌疑人，告诉我，你为什么杀保利尼？"

艾布斯怎么也没想到皮尔格里姆会问这个问题。他眨了好几下眼睛，结结巴巴了一阵，才终于说："我没有！"

"你一直这么说，但你刚刚证明了迪恩案中嫌疑最大的人就是凶手。"

艾布斯没有想到这一点。整个晚上，他都在寻找一种同时适用于迪恩案和保利尼案的谋杀理论。尽管多米尼克·迪恩被杀的真相比表面看上去简单许多，保利尼的案子却无比复杂。他仍然不知道凶手是怎么做到的，他只知道他不是凶手。艾布斯感觉自己像一台坏掉的留声机，再次说道："我没有杀他。"

"我就怕你会这么说。"皮尔格里姆向艾布斯走近一步，俯视着他，"真希望你没有这么做。现在我感觉你在骗我。我不喜欢被骗，这对我的感情来说是一种冒犯，也让我想伤害说谎的人。明白吗？"

"哦……皮尔格里姆先生，"艾布斯改变了说法，"我以生命向你发誓，我与保利尼的死没有任何关系。"

"不要用你的生命发誓，你就快没命了，艾布斯先生。你看，我让你看到我的唯一原因，是我知道你会死在天亮前。在和你道别之前，我们要把一些事情搞清楚。"

"杀我是一个愚蠢的决定。"艾布斯用连他自己都觉得陌生的声音说。

"你错了。杀了你将解决许多问题。我们会把你的死伪造成自杀。你从牢里逃出来的事实似乎表明，在一系列案件中你是有罪的。你的自杀将证实这一点。调查将就此结束。"

艾布斯什么也没说。他不得不承认这个计划是可行的。

"但就像我说的，"皮尔格里姆继续说，"在你死之前，我们需要一些问题的答案。"

"我不会再说一个字。"

"放聪明点。你可以决定自己的死亡方式。有多少人能有这样的机会？是漫长的痛苦，还是迅速解脱？选择权在你。无论哪一种，我手下的人都可以把它弄得像自杀。我只需要你简单地回答几个问题。但我是个讲公平的人，我会用别的答案来换你的答案。那么，首先，昨晚在剧院，瓦尔加对你说了什么？"

"没什么，我们没说话。我看到他的时候，他已经从那个箱子里滚出来了。"

皮尔格里姆笑着说："太糟糕了，但我想，这是个转移注意力的好办法，"他的表情冷酷起来，"他到底对你说了什么？"

"没说，我发誓，什么都没说。"

"我想相信你，艾布斯先生。但恐怕我是个商人，而我们商人是很谨慎的一类人。他在演出前和你说过话，不是吗？跟摩天轮有关？"

"我发誓，他没说！"

"我的手下了解他们的同行，艾布斯先生。不管怎样，最近的情况有些令人不安，比如说，你的存在。你耳闻目睹得太多了，我不能让你继续活着。好在你的死可以结束这一切。故事将这样讲：你杀死了多米尼克·迪恩，然后用不为人知的手段嫁祸给他的妻子。你成为她的辩护人，就是为了从内部搞破坏。你杀了瓦尔加，因为他在迪恩死的那天晚上看见了你，你要让他没机会说话。你是怎么做到的？谁知道呢？只不过是又一个会被你带进坟墓的秘密。最终，背负着罪恶感或精神疾病，你回到最初的犯罪现场，在那里结束了自己的生命，也结束了一场无比疯狂的犯罪。"

"有一点你忘记了。"

"是吗？"

"保利尼。我为什么要杀保利尼？"

皮尔格里姆笑了笑说："回到正题上了。你为什么要杀保利尼？"

"我没有！"

"说实话吧，艾布斯。这里都是你的朋友。"

"我说了，我没有杀他！"

"很好，嘴很牢，是吗？既然如此，布兰宁、基根，动手吧。"

"你要在边上看吗，老大？"

"谢谢，不了。人死在摩天轮上，见过一次就够了。"

"等等！"艾布斯绝望地说，"好吧。我杀了保利尼。我不知道我为什么这么做，就是一时精神失常。现在轮到你回答了，答案换答案。你是怎么杀死瓦尔加的？我真的很想知道。"

　　皮尔格里姆笑着说："我没有杀他。但我承认，跟你的死一样，他的死对我有利。而多米尼克·迪恩……嗯，还是少提那场灾难为好。我对你很不满意，艾布斯先生。我诚恳地问了几个问题，你却什么都没告诉我。这也难怪，你是一个律师。我想世界上少一个律师对每个人来说都是件好事。是莎士比亚说的吧，要杀光所有律师①？那就从你开始吧。"

　　他点了一下头，布兰宁和基根架起艾布斯，像送葬一样，慢慢走向摩天轮。艾布斯被夹在中间，他感觉生命就要在这样的挤压下流逝。

　　"没什么可怕的。"布兰宁说。他们把他推进了一个客舱。

　　"先生们，这是一个错误。"

　　"说实话，并不是。违背皮尔格里姆先生才是真正的错误。"

　　艾布斯闭上了眼睛。高处的空气很冷。他想到了多米尼克·迪恩的最后一程。那位银行经理心甘情愿登上摩天轮，身边有他的妻子。从许多方面来说，迪恩是幸运的。他不知道死亡即将来临，没有感觉到死神冰冷的手已经掐住他的喉咙。

---

① 参见《亨利六世》第四幕第二场。

第四部分
旋转的命运之轮

魔术和人生一样，都是一连串骗局，并以谜底被揭开告终。然而，与人生不同的是，魔术的谜底很少让人失望。

——《操纵大师·论心理学和其他偶然的欺骗》

在厄运面前，人们总是兴高采烈。

——莎士比亚，《亨利四世下篇》

第十三章　欢聚游乐场

斯佩克特仔细检查小巷里的脚印，足足花了 5 分钟。现在他正闷闷不乐地抽着小雪茄。玛莎看着他，试着揣测他的想法。最后，她失去了耐心，问道："斯佩克特先生，现在该怎么办？"

他像受到惊吓一样愣住了，显然忘了她也在。不过当他开口时，他的声音是沉稳的。

"玛莎，皮尔格里姆的人在夜里绑架埃德蒙的原因只有一个。我想你我都清楚。"

"他们要杀了他，是吗？"

"是的，很有可能。所以时间对我们来说是最重要的。我们要迅速而高效地行动。皮尔格里姆有相当多可以利用的资源。如果他不想让艾布斯被找到，苏格兰场就永远找不到他。但他犯了一个严重的错误。他低估了你，也低估了我。我们要用他自己设计的游戏打败他。我们掌握的线索不多，但我想是够用的。我们了解皮尔格里姆吗？表面上，知之甚少。他是一个专业的幕后操纵者。但你想，他的主要阵地之一是金丝雀码头的红星船运公司，这是公开可查的信息。我认为绑架者应该是码头工人。至少，这些鞋印表明了这一点。"

"怎么说？"

斯佩克特笑着说："很高兴你问了。这些鞋印不是普通工作靴留下的。以前，很多年以前，在我成为'约瑟夫·斯佩克特'之前，我在码头上工作过，所以我肯定，这种凹槽是钢包鞋头踩出来的。你看，我们已经缩小了搜索范围。绑匪从事的是搬运重物的工作。钢包头的工作靴比普通靴子或园艺靴更贵，除非是工作需要，不然绑匪不会买。这种大块的，跟拖拉机轮胎胎面一样的鞋底纹，最适合农场工人或码头装卸工人——跟建筑工人或工厂工人相比，他们因为地面湿滑而摔倒的风险要大得多。由于附近没有农场，我们必须把关注点放在码头上。"

"好吧，我想是这个道理。那你认为他被带到哪里去了？金丝雀码头？"

"当然不是！记住，他们的计划是与艾布斯和一连串谋杀撇清关系。他们要捏造一个简单的结局，使这一切与泰特斯·皮尔格里姆无关。他们要把所有罪行转嫁给艾布斯。所有罪行，我指的是瓦尔加、保利尼……还有多米尼克·迪恩的死。"

"怎么可能？我可以想象他们把瓦尔加、保利尼的死嫁祸给艾布斯，最起码他在现场。但多米尼克·迪恩？和他不相关，不是吗？"

"你说的完全正确。在皮尔格里姆的计划中，这似乎是一个漏洞。有一个方法可以让故事完美收尾，那就是回到开头。"

斯佩克特不再看着玛莎。他的目光似乎穿过她，看到了某些隐藏在暗处的东西，看向魔术的源头。

"我知道他在哪儿了。"

"真的？"

"来吧，出发之前，我希望你喝杯威士忌，它能让你打起精神。我需要你保持清醒和警觉。"

汽车轰隆隆地穿过无人的街道。玛莎用力踩着油门，她每次转动方向盘，斯佩克特都在座位上左摇右晃。

当车驶入戈尔德斯格林时，斯佩克特拿出了他的怀表。时间刚过三点。天空漆黑，空气带着寒意。他们拐过一个弯，游乐场出现在视野里。月光衬出各种黑色的轮廓。可怕的、死一般的寂静伴着无处不在的阴暗。玛莎把车停在大门外面，关掉引擎，听着周围的动静。

"太安静了。"她说。

"确实。你可以去电话亭吗，玛莎？我看到街角有一个。给弗林特探长打电话。"

"我觉得这里一个人都没有。"

"他们就想让我们这么以为。不管怎样都太安静了。星期五晚上的游乐场应该挤满了人，甚至到凌晨都很热闹。我可以肯定，皮尔格里姆先生占用了这个地方，来为他的黑暗戏码搭建舞台。"

"你打算怎么做，斯佩克特先生？"

"去电话亭，玛莎。"

玛莎听从了安排。她耸起肩膀，顶着寒冷，蹑手蹑脚地朝电话亭走去。她回头看时，斯佩克特已经不在那里了。他只可能往一个方向去了，那就是游乐场的中心。

她拿起电话听筒，用嘶哑的声音说："苏格兰场。"

接线员把玛莎的来电转到弗林特探长的办公室。接电话的是胡克。

"什么事？"

"我是玛莎，我要找弗林特探长，事情紧急。"

"他不在这儿，出什么事了？"

"那他在哪儿？我们找到埃德蒙了，他现在有危险。斯佩克特先生一个人去救他了。"

"告诉我地址。"

弗林特恰巧在不远处的迪恩家里翻看一些文件，努力寻找与泰特斯·皮尔格里姆有关的线索。接到胡克打来的电话之后，他立刻赶往游乐场。与此同时，胡克和其他几名警察挤上警车，也出动了。

摩天轮客舱静静地上升，载着艾布斯和两个要杀他的人在黑暗中移动。留在下面的泰特斯·皮尔格里姆沉默地看着。

客舱到达最高处，在最黑、最冷的夜空中停下来。艾布斯闭上了眼睛。

就在此刻，戈尔德斯格林游乐场的每一盏灯都亮了起来。下方浮现出一片灯海，像缀满了宝石。音乐也响起来了，喧闹的游乐场音乐。整座游乐场像一头巨兽般苏醒了。

布兰宁和基根都看向对方。这可不是计划的一部分。

"起来！站起来！"左轮手枪的枪口抵着艾布斯的身体。在他沉默地站起来时，皮尔格里姆的手下把枪移到了他的脖子后面。

"住手！"皮尔格里姆在下面吼道。艾布斯听到了，心想自己也许能逃过一劫。就在这时，他瞥见了操纵杆旁边的皮尔格里姆。他的对面还站着一个一身黑衣、身形瘦削的人。

第十四章　"我知道"

"你在自掘坟墓，皮尔格里姆先生，"约瑟夫·斯佩克特说，"你的手下太心急了。我怀疑他们并没有完全理解你的计划。如果那家伙朝年轻的艾布斯开一枪，你的麻烦可就大了。"

皮尔格里姆正对着老人，从外套打褶的地方掏出一把短管左轮手枪。

"不用说，苏格兰场的人马上就到。"斯佩克特说。好像是为了配合这句话，游乐场的音乐中加入了警笛声，并且越来越清晰。

皮尔格里姆严肃地打量着老人："我会记住你的脸，斯佩克特先生。"

斯佩克特眼睛都没眨一下："我也会记住你的。"

就这样，泰特斯·皮尔格里姆默默退场。斯佩克特站在原地，看着他离开。

"斯佩克特先生，你还好吧？"玛莎问，她刚刚跑过来，还在喘气。

"我没事。让人担心的是艾布斯先生。"

"他在哪儿？"

斯佩克特指向上方。

玛莎没有多想，就又跑开了。她跳起来，抓住最低处客舱的底部，迅速向上攀爬。斯佩克特看着她像只猫一样，敏捷地摆动着身体。不，不是猫。她爬上一个客舱，再跃向另一个客舱的样子，更像一只蜘蛛。

"哦天哪，小心点！"斯佩克特喊道。

艾布斯试着从边上往外看，但灯光让他眼花缭乱，几乎什么也看不清楚。

"动手吧，"基根说，"不要浪费时间。"

"嘿。"艾布斯说。

"嗯？"布兰宁转过身，下一秒就哑着嗓子喘出一口气，因为艾布斯一脚踹中了他的腹部。

基根用戴着手套的那只手挥着手枪，没瞄准就扣了两次扳机。雷鸣般的枪声在游乐场里回荡。艾布斯的一只耳朵被震聋了。幸运的是，子弹没有打中他，基根也因为失去平衡无法瞄准，否则艾布斯已经死了。

玛莎做了一个大胆的动作，显然表演空中飞人的经验发挥了作用。她把双腿抬高，然后跃出去，攀住了艾布斯所在客舱的底部，再借着余力向上摆动双脚，正好踢中基根的胸口，让他向后倒了下去。

第三声枪响伴随着他的坠地。然后就只能听见可怕的管风琴的声音——基根死前听到的最后一个声音。他重重地摔在地上。病态的好奇心怂恿约瑟夫·斯佩克特走过去看一眼。是的，这家伙确实死了。以防万一，斯佩克特踢开了他手边的左轮手枪。它最终在几英尺外停下来，就像它的主人，冰冷、一动不动。

从摩天轮上下来的是一个奇特的三人组合。玛莎和艾布斯笑得忘乎所以，无疑还沉浸在绝处逢生的狂喜中。他们旁边瘫坐着失去意识的布兰宁，他会在一辆囚车的后座上醒过来。

"埃德蒙，玛莎，我想差不多该给这场混乱画上句号了，你们说呢？"

"谢谢，"艾布斯说，"谢谢你们，感激不尽。他们要杀了我，是真的要杀我。"

"毫无疑问。"斯佩克特说着，点燃一支小雪茄。

艾布斯走了几步，跪在了地上。"天哪，"他说，"我的天哪。"

玛莎拍了拍他的肩膀："没事了，埃德蒙。一切都过去了。"

"是的，我想是的。"

她扶他站起来时，两辆警车一前一后呼啸而至。前一辆车还没停稳，弗林特就从上面跳了下来。

"艾布斯！"他吼道。

"冷静点，弗林特，"斯佩克特说，"一切都结束了。"

"艾布斯，你被捕了……"

"这才是你应该逮捕的人。"玛莎指着不省人事的布兰宁说，他仍旧瘫倒在摩天轮的客舱里。

"这又是谁？"弗林特用鞋戳着基根的尸体问。

"不管他是谁，"斯佩克特说，"我想他都会乖乖跟你走。"他正坐在旁边刚刚停止转动的旋转木马平台上。

弗林特对艾布斯摇了摇手指："你得解释一下，你知道的。"

"我很高兴灾难都结束了。"年轻律师叹了口气。

斯佩克特蹙眉问："什么意思？"

"我终于知道制造这场混乱的人是谁了。"

斯佩克特用他枯瘦的手指捻着小雪茄，说："啊，你是说泰特斯·皮尔格里姆。虽然我不愿承认，但皮尔格里姆只在理论上对谋杀负有责任。"

"怎么说？"

"他没有动手。他雇的这两个绑匪也没有。唯一可以证实的是，他们要对亚瑟·莫里森的死负责。如果弗林特要抓他们，也只能靠这桩罪行。"

"什么意思？"

"这个案子比我们任何人所想的都要复杂得多。过来，坐我旁边。抽烟吗？或者来点苦艾酒？我带了一瓶，能让我头脑清醒。"

"但逻辑是通的，"艾布斯争辩道，"我是说，我想明白了。皮尔格里姆和卡拉·迪恩是情人。卡拉帮助皮尔格里姆策划了抢劫案。多米尼克·迪恩起了疑心，所以他安排亚瑟·莫里森值夜班。后来抢劫案发生了，莫里森被杀害，多米尼克·迪恩的怀疑得到了证实。因此卡拉在摩天轮上开枪打死了他。"

"年轻人，对所有问题的开端，你做了完美的总结。"斯佩克特说，"弗林特，过来一下。玛莎也过来。我已经准备好答案了。一切终于水落石出了。"

"什么意思？"弗林特带着怀疑问。

"意思是我现在可以告诉你一切，从头到尾，所有勾当是怎么进行的。我知道是谁杀了米克洛斯·瓦尔加，怎么把他藏进石榴剧院的板条箱。我知道是谁杀了保利尼教授。"

"看在上帝的分上，告诉我们吧！"

斯佩克特笑了。

第十五章　三只护手

艾布斯看着太阳从泰晤士河上升起，这将是个晴朗的日子，格外晴朗。弗林特勉强同意不逮捕他。约瑟夫·斯佩克特费了一番口舌才说服他，最后还承诺至少请他在黑猪酒吧喝三品脱。

基根的尸体被运走了。那个叫布兰宁的家伙最后是被一桶冰水泼醒的。清醒后，他坦白了他和同伙是银行抢劫案的幕后黑手，但他拒绝说出第三个人的名字。当他知道泰特斯·皮尔格里姆的犯罪帝国摇摇欲坠，"犯罪界的拿破仑"已经失去光彩时，他不再排斥用证词做交易。他供出了皮尔格里姆犯罪组织中的几名低级成员，这些人会供出更多人。纸牌屋开始倒塌。

弗林特似乎有信心在年底之前把皮尔格里姆本人送进监狱。当埃德蒙·艾布斯接受医疗护理时（由一脸担忧的玛莎提供），弗林特走到约瑟夫·斯佩克特身边，说："我们会抓住他的。"

"我可不敢肯定，"斯佩克特说，"皮尔格里姆是个狡猾的家伙。"

"啊，你忘了，斯佩克特，我也是。"

当斯佩克特、弗林特、玛莎和埃德蒙·艾布斯来到弗林特在苏格兰场的办公室时，这个四人组尽显邋遢和疲惫。狭小的办公室里堆满了文件，很符合其使用者的风格——灰头土脸、不修边幅，却不失为一个能干之人。弗林特作为模范主人，给所有人倒了茶。

艾布斯很兴奋，经历了死里逃生，整个人轻松了很多，体内的吗啡也缓解了他全身各处的疼痛。他断裂的肋骨已经从外部固定好了，受伤的肩膀也上了悬吊带。然而，当他凝望窗外琥珀色的晨曦时，他知道还有很多问题需要回答。

"你做得很好，艾布斯先生，你看穿了卡拉·迪恩，"约瑟夫·斯佩克特说，"她的确是个优秀的骗子，洞悉人类的心理。我毫不怀疑，杀她丈夫的复杂计划是她想出来的，包括所有细节。她知道，泰特斯·皮尔格里姆是有能力把她的想法变为现实的好帮手。"

"我花了很多时间才想通。"艾布斯谦虚地说。

"可气的是，"斯佩克特说，"我自己已经有了答案，却根本没有意识到，而是错误地把它套在你身上。这是一场'绝非不可能的不可能犯罪'。在这类案件中，没有绝对嫌疑，同样重要的是，也没有人绝无嫌疑。皮尔格里姆和卡拉·迪恩都指望我们把后者当作嫌疑人，仅因为她是罪犯的可能性最大。这是一个有趣的心理诡计，而且几乎成功了。以她的文化修养和智力，为什么要用这种方法杀人，这似乎是不可能的，不是吗？"

"好了，"弗林特开始不耐烦了，"我们一劳永逸地了结这件事好吗，斯佩克特？如果皮尔格里姆不是石榴剧院谋杀案的凶手，那么我要知道凶手是谁。把你知道的都告诉我。"

斯佩克特把一支没点的小雪茄放进嘴里。"这是一个逻辑问题，"他说，"要理清头绪。如果你真想知道的话，我可以告诉你，是三只护手给我指明了方向。"

插曲
敬请读者注意

　　从前，故事讲到这里，作者就该向读者发出挑战了。"所有线索都摆在你面前了，"作者会说，"你要靠自己的努力解开这个谜团。"

　　如今，这种做法已经过时，而且相当老套。但我凭什么剥夺读者的乐趣？如上所言，所有证据都已列出，明明白白。如果你们当中有未来的侦探，那么现在就是你大显身手的时候。你不会得到任何奖赏，不管是物质上的还是别的，除了在一位智者曾说的"世界上最伟大的游戏"中获胜的秘密荣耀。

第十六章　魔鬼的好运气

　　杀害米克洛斯·瓦尔加的人一夜未眠。这也难怪，几个小时前他拧断了那个可怜人的脖子，自那时起他就一直担惊受怕。他喝酒喝到深夜，醒来时眼前一片模糊，头痛欲裂。这一天的开头对他来说是很糟糕的，但很快会变得更糟。

　　他穿好衣服，蹒跚下楼。这间寄宿公寓里陈设少得可怜，他可以把整个人生装进一只手提箱。他想，这对一个很快就要逃跑的人来说是件好事。但他可以全身而退，他知道。毕竟，他有谈判的筹码，不是吗？

　　他把头探到屋外，呼吸着早晨清爽的空气，看样子没有危险。他把头缩回来，轻轻地关上门，下一刻，他的心跳几乎停止了。

　　他身后的过道里站着一群穿制服的警察。他们来得悄无声息，这是一次黎明时分的突袭，乔治·弗林特探长站在队伍前面，像一位刚刚凯旋的将军。

　　"西德尼·德雷珀?"他说，"我以谋杀米克洛斯·瓦尔加的罪名逮捕你。你最好乖乖跟我们走，这样对大家都好。"

　　西德尼·德雷珀像是松了口气，在度过了生命中最漫长的夜晚之后，一切终于结束了。他默默地接受了后果。

　　在警察局里，他礼貌而消沉。他回答了所有问题，供出相关人物的名字。

"是泰特斯·皮尔格里姆逼我这么做的,"他告诉弗林特,"如果不是他,我绝不会做那样的事。我是个好人,真的。这是实话。"

泰特斯·皮尔格里姆的操控可不是能轻易摆脱的,但德雷珀真的以为自己可以做到。昨晚在石榴剧院里,他的口袋里一直装着那个"筹码",是他在杀死米克洛斯·瓦尔加后,从他的身上偷来的。

那是一只纯白色的女士手套,上面撒满了火药。

"他看起来像是解脱了。"回到办公室后,弗林特对斯佩克特说。艾布斯和玛莎也在场,他们不会错过揭开谜底的时刻。

"他确实解脱了,"约瑟夫·斯佩克特说,"他不是什么冷血杀手,只是一个可悲的、绝望的人。他以为那只手套是通往自由的门票。毕竟,那是能证明卡拉·迪恩谋杀她丈夫的物证。他显然还计划敲诈泰特斯·皮尔格里姆,以便过上全新的生活。"

"那只手套……"弗林特若有所思地说,"我推测,是瓦尔加在摩天轮客舱里捡到的。"

"这是一个合理的推测,"斯佩克特同意道,"或者她开枪后把手套扔到了客舱外面。不管怎样,卡拉对她丈夫开枪时一定戴着那只手套,以避免在手上留下火药。瓦尔加找到了手套,立即明白了它的重要性。他不是个傻子。现在,你们想让我把所有事情串联起来吗?"艾布斯和玛莎都一个劲地点头,弗林特则疲惫地叹了口气。"好吧,我们从头说起。我指的是真正的开头,即戈尔德斯格林银行抢劫案。就像老妇人吞了苍蝇的故事一样①,一次简单的银行

---

① 英国童谣,讲的是有个老婆婆不小心吞了一只苍蝇,为了抓住苍蝇,她又吞下一只鸟、一只猫……她吞下的动物越来越大,直到把自己撑死。

抢劫引发了多起谋杀。首先是多米尼克·迪恩，他的妻子参与了银行抢劫案，为阻止他泄密杀了他。然后是米克洛斯·瓦尔加，他受到了良心的谴责；原因我们都知道，他被皮尔格里姆收买了，我认为是被胁迫的，这解释了他为何跟艾布斯说看见了跛脚男人。

"谎言刚出口，瓦尔加就开始后悔了。正如艾布斯所观察到的，他有虔诚的信仰。悔恨让他不堪重负。所以昨天早上艾布斯刚离开游乐场，瓦尔加就跟了上去，他在等待机会说出真相，并交出那只罪恶的手套。那天，艾布斯带着他在伦敦各处转悠。艾布斯去了苏格兰场，去了老贝利，在老贝利还见到了泰特斯·皮尔格里姆，跟弗林特搭上了话。更重要的是，皮尔格里姆在那里看见了服装醒目的瓦尔加。皮尔格里姆想，为什么那个游乐场的人这么着急见艾布斯？

"就在那时，他决定了，没必要再让瓦尔加活着。他是计划中薄弱的一环，死了比活着更有用。瓦尔加的死有两个好处：一是他被收买的事实不会泄露出去，二是让人更加相信幽灵杀手博伊德·雷米斯顿的存在。瓦尔加被杀不是因为他在游乐场看到了真正的凶手，而是因为他知道不存在其他凶手。"

弗林特一边听一边揉着额头。

"瓦尔加跟着艾布斯去了石榴剧院。他发现皮尔格里姆的人在跟踪自己，求生本能让他从防火门躲进了剧院。我们已经知道，是内德·温切斯特放他进后台的。皮尔格里姆撤走了他的手下，他不打算在拥挤的剧院里引起骚动。

"但瓦尔加不知道，也许石榴剧院的任何人都不知道，有一个在那里工作的人欠了泰特斯·皮尔格里姆一大笔钱，愿意做任何事情来抵债。"

"是西德尼·德雷珀。"弗林特说。

"没错。"

"你怎么发现的?"

"嗯,是从两方面推理的,我一会儿就讲到。确定瓦尔加已经躲进剧院后,皮尔格里姆要做的就是打电话告诉德雷珀,只要他肯做一件事,债务就一笔勾销。回想起来,我们甚至一度假设遇到这种情况的人是保利尼。你们应该记得,演出前西德尼·德雷珀唯一一次消失,是去接了一个电话。你可以想象当他发现电话另一端是泰特斯·皮尔格里姆时,他有多震惊。皮尔格里姆要求德雷珀帮他做件事,也就是杀了瓦尔加。不用说,德雷珀非常愿意帮忙。

"他是一个赌徒,和他交谈 5 分钟就看出来了。如果对他的个人财务状况进行调查,我们无疑会看到债务越来越多,收入越来越少。我首先意识到,如果有人会和泰特斯·皮尔格里姆勾结,这个人很可能就是他。回想一下我们和德雷珀的聊天,他几乎每句话都用赌博打比方。"

"那你怎么确定他就是杀害瓦尔加的人?"弗林特问。

"这是一个概率问题。谋杀案都绕不开三点,手法、动机和机会。虽然我当时并不清楚德雷珀的作案手法和动机,但我意识到只有他有作案的机会。

"如果我是夏洛克·福尔摩斯,我一定会观察德雷珀,注意到他的衣服过于宽松,无名指上有一圈浅色印痕,接着我会推断他不是刚离婚就是刚丧偶。但是别忘了,我在剧场里待了大半辈子,我见识过这世界上福尔摩斯无法想象的角落。比如,我注意到德雷珀双手拇指的内侧都有一个肿块。一个拇指不足以说明问题,但两个拇指上都有肿块说明什么?说明这人的双手拇指都被折断过。一个人吃得不好，最近又舍弃了长期佩戴的饰物，这可以表明他是个赌徒，而且输的钱越来越多。如果这个人还有两根断过的拇指，那就说明他不仅是一个穷赌徒，而且是个陷入财务危机的恶徒。换句话说，他为了钱什么事都干得出来。"

"好了，"弗林特说，"别兜圈子，告诉我们他是怎么行凶的。"

"嗯，首先明确一个事实，西德尼·德雷珀杀了米克洛斯·瓦尔加。行凶的时间并不重要，但我猜大概是 8 点 10 分左右，那时精彩的节目正在上演，内德·温切斯特躲在玛莎的更衣室里。记住，他并没有马上出去打牌，他等了几分钟，直到确定不会被人发现。西德尼·德雷珀能认出自己的目标，不要忘了瓦尔加的衣服多么特别，德雷珀绝不会认错人。

"德雷珀知道瓦尔加只可能躲在一个地方，那就是储藏室。所以他去那里看了看，说真的，他运气不错。他和瓦尔加之间的对话一定很简短。也许他问：'你在这里干什么？'瓦尔加回答说：'我在躲要杀我的人。'德雷珀知道自己该怎么做。他只需要短暂地转移瓦尔加的注意力，然后抓住他，勒死他，再从他身上取走那只手套。但这给他留下了新的难题：怎么处理尸体？石榴剧院的后台区域狭小混乱，没什么能藏尸体的地方。想想看，不在后台，也不在阁楼上，那尸体被藏在哪儿了？"

"这是个谜语吗？"弗林特不愉快地说，"拜托，我没有这个时间和耐心。"

"好吧，"斯佩克特忍着笑意说，"我告诉你答案。如果不在地上，不在阁楼上，那就只剩一个地方了，那就是空中。"

"空中？"弗林特重复了一遍，表情很滑稽。

"没错。德雷珀自称'沙包人'。用来平衡背景幕布的沙包可以重达150磅，换句话说，相当于一个成年男人的重量。德雷珀可以利用这一点。保利尼、玛莎和图米在台上表演《助手复仇》，阿尔夫在后门处，柯普在阁楼上，法布里斯在他的化妆间里，内德·温切斯特还躲着。德雷珀把瓦尔加吊了起来——绳子绑在脚上——确保尸体被层层叠叠的背景幕布遮盖。如果被柯普看见他在拉动尸体，德雷珀也能让他相信他看见的人是图米，当时在表演《助手复仇》，为此图米的确被倒吊在空中。想象一下：两个人，都被倒吊在空中，他们中间只隔着一块幕布。但是只要可怜的瓦尔加在黑暗中一动不动，柯普就不可能看见他。从各方面来说，这都是一个巧妙的藏尸手法：无论是从下面还是从上面，都不会有人发现尸体。尸体的重量也起到了沙包的作用。然后，德雷珀去找内德·温切斯特，说服他一起玩牌。他需要有人给他提供不在场证明。这个计划很好，演出结束后，他可以在后台无人时把尸体移走。"

"那他为什么不这样办？为什么又整箱子那一出？"

"问得好，这个问题也一直困扰着我。把瓦尔加的尸体摆在上千观众面前肯定没有什么好处。于是我意识到，把尸体藏进板条箱是不得已而为之，因为没有别的地方可以藏了。

"德雷珀亲口说的，在表演板条箱魔术期间，为了放下幕布，他解开了六号绳子。问题是绳子缠到了一起，所以他派内德·温切斯特上去把绳子割断。我当时不知道他为什么做这样的决定——独立的、掌控全局的西德尼·德雷珀，竟然把这么重要的任务交给他那个笨蛋侄子。但我突然想到，他派内德代替自己去的原因可能很简单，那就是他做不到。他擅长搬沙包，但他不擅长把人掐死。请你们仔细回想德雷珀走路的样子，他整个晚上都弓着腰，每一步都走得很小心。他在不久前杀了米克洛斯·瓦尔加，在这个过程中，他自己也受伤严重。我敢打赌是某处肌腱断裂，即使最轻微的移动也会疼痛难忍。他不能让别人看出他受伤，所以一直在尽力掩饰。他做得还算成功，尽管不得不做了一两件明显与自己性格不符的事，其中之一就是派内德·温切斯特上阁楼。错过放幕布可能使沙袋和阁楼上的情况引起不必要的关注，所以他不得不冒险，派内德去完成任务。但是你们还记得内德是怎么说的吗？他看不见绳子上的数字，所以他数着绳子，割断了第六根。他完全不知道那里多出了一根绳子，上面挂着米克洛斯·瓦尔加的尸体。当他割断五号和六号之间的那根绳子时，西德尼·德雷珀听到了计划破灭的声音：尸体掉在了地上。

　　"如果按计划进行，在整场演出期间，瓦尔加的尸体会一直悬挂在那里，不会有人注意到。等剧院里的人都走光了，德雷珀就可以把尸体转移到其他地方，最有可能的是扔到泰晤士河里。如此一来，没有人会把米克洛斯·瓦尔加和石榴剧院联系起来。等德雷珀的债务一笔勾销，他可以开始新的生活。不幸的是，情况和他计划的不一样。

　　"德雷珀必须抓紧时间。他忍着疼痛，把不幸的瓦尔加放进一个板条箱，然后找来了法布里斯。和很多即兴创作一样，这个计划有很多不足之处。尽管如此，目的达到了，无意中在某种程度上也呼应了皮尔格里姆和卡拉·迪恩的大胆计划。德雷珀是一个嗜赌成性的人，他决定赌一把。

　　"他有两个选择：把尸体放在即刻就会在舞台上打开的箱子里（为了方便叙述，我们称之为 A 箱），或者放进理应不会被打开的备用板条箱（B 箱）。按照一般人的行为逻辑，他会把尸体放在 B

箱里。但仔细想一下实际情况，我们会发现这并不是最理想的选择。首先，他需要在晚些时候独自搬运尸体，这自然是很危险的，在背部受伤的情况下，即使是最小的动作对他来说也很困难。而且在这期间，谁也不能保证 B 箱不会被打开。一旦发生这种情况，那么藏尸体的人是谁几乎就不用问了。然而，如果尸体是在保利尼表演魔术时当着观众的面被发现的，那么嫌疑人的范围就大得多了。事实也证明了这一点。

"我不认为西德尼·德雷珀在短短几分钟里的想法能像我刚才分析的那般清晰。但不管怎样，他决定赌一把。他让法布里斯进了 B 箱，也就是备用箱。他设计了箱子旋转的角度，确保站在后门小壁架上的法布里斯背对着通往阁楼的旋转楼梯。然后德雷珀开始大声说话，假装看到他侄子正在下楼梯，而实际上内德·温切斯特还在阁楼上跟柯普抬杠。当肯尼斯·法布里斯想探头跟温切斯特打招呼时，德雷珀阻止了他，告诉他没时间了。因此法布里斯喊道'那就回头见吧'。

"然后德雷珀把 B 箱封好，迅速和 A 箱调换位置。以上操作花了三四分钟，这时内德·温切斯特真的从阁楼上下来了。德雷珀把空的 A 箱移到之前 B 箱所在的位置，摆放角度也和 B 箱一致。接下来，他重演了几分钟前跟法布里斯的对话。这就是他的诡计。内德和法布里斯在不同时间见证了同样的事情。同样的对话，同样的动作——特别是竖起大拇指这个动作。内德在楼梯上看到的一切，都是德雷珀精心准备的独角戏。他真正看到的，是德雷珀把瓦尔加的尸体固定在板条箱里。他真正听到的是德雷珀通过模仿法布里斯的声音，重复几分钟前的对话。也许想起来最让人毛骨悚然的是，他看到了德雷珀操纵瓦尔加的尸体，让尸体竖起了大拇指。这就是尸体所在的板条箱里有三只护手的原因：德雷珀把瓦尔加装进板条箱时，给尸体的右臂戴上了护手，他知道那是内德下楼时唯一能看见的身体部位。他等着侄子下楼，然后假装提醒法布里斯时间紧迫。事实上，当时他正对着瓦尔加的尸体讲话。他成功地骗了内德，凭借的是他不失灵巧的恐怖手法——内德看到的那只手实际上是瓦尔加的。不要忘了，德雷珀说过，他过去擅长演木偶戏。他可以灵活运用声带，作为木偶戏表演者，他非常擅长一人分饰两角。他提醒'法布里斯'时间紧迫，再用足以乱真的声音重复法布里斯几分钟前说过的话。因此内德·温切斯特相信板条箱里的人就是法布里斯。通过精确复制对话，德雷珀能够确保温切斯特和法布里斯说法一致。唯一的差别是时间。但是正如法布里斯自己所言，在时间问题上，他完全听德雷珀的。当德雷珀告诉他时间不够时，他不会觉得有假。"

"难怪温切斯特确信被他推上台的是法布里斯，但实际上箱子里是瓦尔加的尸体。卑鄙，"弗林特说，"卑鄙至极！"

"没错。不用说，法布里斯对德雷珀的表演一无所知，穿着那套盔甲，他什么也听不见。他也没有办法确定时间。他什么也做不了，直到保利尼打开箱门，把他放出来。但那时，德雷珀已经再次调换了板条箱，他这么做的时候，我们都在盯着舞台上的尸体。我们还以为法布里斯所在的板条箱和被推到舞台上的箱子是同一个。那当然是不可能的。

"接下来说说保利尼谋杀案。"

"为什么杀他？"玛莎问。

"怎么做到的？"艾布斯问。

两个问题同时被提出。

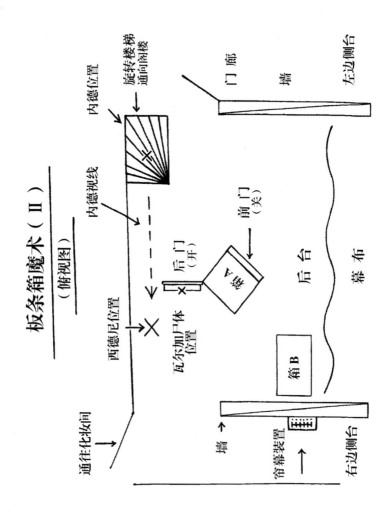

板条箱魔术（Ⅱ）

（俯视图）

内德位置

旋转楼梯
通向阁楼

门廊

墙

左边侧台

内德视线

前门
（关）

后门
（开）

瓦尔加尸体
位置

西德尼位置

箱B

楼

后台

幕布

通往化妆间

墙

帘幕装置

右边侧台

212

"玛莎，你的问题是最容易回答的。因为他认为自己被发现了。艾布斯，你偷听到保利尼和安德鲁·摩根通电话，还记得他说了什么吗？其中有一句是'我知道是谁干的'。当然，我们事后推测保利尼说的是迪恩的死，他自以为发现了杀害迪恩的凶手。可是，如果一个人刚犯下谋杀罪，在心怀内疚和恐惧时听到了这通电话的内容，会得出什么结论？会认为保利尼已经发现了自己的罪行，并且想在报警之前用这件事做个大新闻。所以他决定杀人灭口。"

"等一下，"艾布斯像个学生一样举手问道，"当时走廊里只有保利尼和我。德雷珀怎么会听到电话？"

"你偷听保利尼打电话时，弗林特和我在图米的化妆间里，正在询问图米和阿尔夫的行踪。这意味着后门的隔间里没有人。我想德雷珀躲在拐角处，看到保利尼在打电话，就溜进隔间，拿起了那里的分机。之前弗林特了解拉扎勒斯·伦纳德的情况时，你自己就是这么做的，艾布斯先生。他听到了保利尼对摩根说的话，产生了误解。他认为那是威胁，实际上根本不是。事实上，如果保利尼有机会解释他的理论，那将会使本就扑朔迷离的案情更加复杂。但德雷珀想不到这一点。所以他在一瞬间做出了第二个决定，这又是一场不幸的赌博。

"他去了后台放手枪的地方，拿了那把真枪。他还需要一个适合动手的时机。于是，他溜进保利尼的明星化妆间，躲在暗处，伺机而动。"

"躲在哪里？"艾布斯好奇地问。

"那还用说，当然是衣柜里。"

"但衣柜是搜过的。"

"是的，不过是在他设法脱身后。时机对了，一切都不是问题。

他蜷缩在衣柜里——别忘了，他是表演过木偶戏的人，能适应狭小的空间——等着保利尼回化妆间。然而，德雷珀还没等到动手的机会，教授就探出头，把走廊里的你叫了进去。他有事情想和你讨论，很可能是他关于多米尼克·迪恩案的推论。德雷珀偷听到你们之间的对话，他走出来打晕了你，艾布斯先生，紧接着就朝保利尼的头部开了一枪。他知道枪声会引来很多人，却仍抓住时机把这起谋杀伪造成密室杀人。他把武器粘在了艾布斯先生的手上……"

"他为什么要这么做？"令人惊讶的是，提问的不是艾布斯，而是玛莎。

斯佩克特耸了耸肩："越令人迷惑，局面就越混乱。但肯定是他干的，因为，或许你们还记得，他提过他在修复道具，说凶手不难在后台找到胶水的人也是他。当时他口袋里一定装着胶水，所以他决定加以利用。把枪粘在你的手上既能起到栽赃的作用，也能引起混乱，制造逃跑的机会。他知道，你一旦跟警察纠缠起来，他们就不太可能第一时间去检查衣柜。而事实的确如他所料，这是一个巧妙的误导。粘好手枪，他就躲回了衣柜里。当弗林特、胡克和我的注意力都被你和你手上那把枪吸引的时候，他悄悄溜了出去。"

在片刻的沉默之后，弗林特探长缓缓地叹了口气，就像刚刚饱餐一顿的人："很难说他是有魔鬼的好运气，还是我遇到过的最倒霉的杀手。"

斯佩克特耸了耸肩："也许两者都是。他做每件事都是在赌。他做的每个选择在短期内都让他得到了回报，却不可避免地决定了他的最终命运。"

斯佩克特的分析终于结束了，乔治·弗林特去了最近的空审讯室，艾布斯猜测，他可能会在那里补回急需的睡眠。斯佩克特把办公室占为己有，他点了一支小雪茄，凝视着窗外，脸上带着忧虑。

玛莎在揭谜结束前就开始厌倦了，赶忙拉着埃德蒙·艾布斯出去透气，这将是美好的一天。她挽上了艾布斯的胳膊。"可怜的内德，"她说，"我很爱他，但他真是个笨蛋，让自己被那样欺骗。"

"是的。"艾布斯脱口而出。

"不过你是个聪明人，埃德蒙。你紧跟在斯佩克特后面。我估计，如果再多给你一个小时左右的时间，你就能自己解开所有真相。哦，埃德蒙，你脸红了……"

"是吗？对不起。"艾布斯说着，脸变得更红了。

玛莎大声笑起来，是那种缺少快乐意味的干笑。"真不像话，这一切，不是吗？还好都结束了。不过，我大概再也不会像以前那样看待内德了。"

艾布斯尴尬地咳了一声，说："嗯，是的，这一切非常……"

幸运的是，他不需要把话说完。玛莎用亲吻打断了他。这次是真正的接吻，没有需要用嘴交接的钥匙。

当他们终于分开时，玛莎面带微笑。"我不能承诺太多东西，"她说，"我喜欢旅行和新事物。我不能保证我不会厌倦和你在一起，所以请你不要做一个无趣的人。但如果你愿意冒险，那我也愿意。"

他愿意冒险吗？德雷珀孤注一掷，却赌输了。当然，形势对艾布斯是有利的吧？

在那一刻，他把那些厌世的浪漫主义者的忠告抛到了脑后。他们会叫他躲得远远的，忘记这个给警察下药，并写书揭露魔术的陌生、不幸、危险的年轻女子。

"你敢我就敢。"他告诉她。

尾声　一周后

乔治·弗林特出现在黑猪酒吧门口的时候，约瑟夫·斯佩克特正在吃豌豆火腿馅饼。

"弗林特！过来坐，我的好朋友。"

斯佩克特坐在他常坐的地方——壁炉旁一把破旧的扶手椅上。弗林特像往常一样，看起来很疲惫。

"你看今天早上的报纸了吗？"

"还没有，我错过了什么？"

"西德尼·德雷珀死了，在牢房里上吊了。"

斯佩克特用餐巾擦了擦下巴："真是不幸。"

"他们认为这是自杀。"

斯佩克特难过地摇了摇头："这恐怕是不可避免的。我想那个叫布兰宁的人已经收回了之前应下的证词。"

"是的，他现在守口如瓶。"

"我大概猜到了。看来泰特斯·皮尔格里姆还没到无计可施的地步。"

"但我不明白，"弗林特叹了口气说，"德雷珀被关在牢房里，他是怎么得手的？"

"这次你得靠自己了，亲爱的弗林特。石榴剧院发生的事情已经表明，泰特斯·皮尔格里姆可以控制任何人，不管在哪里。"

"我会抓住他的，斯佩克特，"弗林特说，"我们走着瞧。"

"我知道你会，老朋友。来一杯苦艾酒？"

乔治·弗林特离开黑猪酒吧时高兴多了。事实上，他太高兴了，以至于跟年轻律师擦肩而过都没发现。埃德蒙·艾布斯走过低矮的门廊，进了这家始于伊丽莎白时代的小酒馆。他扫视了一圈，在昏暗的环境里眨了眨眼睛。"嗯……我找约瑟夫·斯佩克特。"他说。

女招待指了指一扇木门，艾布斯径直走了进去。

"斯佩克特先生！希望我没有打扰你。"

老魔术师笑着说："埃德蒙！完全不会，快过来坐。你想喝点什么？"

"一杯啤酒，谢谢。"

"给我的年轻朋友来一杯啤酒。"斯佩克特对女招待说。

"这个地方跟我想象的差别不大。"艾布斯说。

"很棒，不是吗？告诉我，是什么风把你吹到了这个邪恶的地方？"

"哦，我只是想和你聊些事。"

"什么事？"

"先分享好消息吧。我想我和玛莎会结婚。"

"天哪，真是个好消息。我承认这有点出乎我的意料，时间定了吗？"

"没有，还早呢。也可能不会结。只是现在的情况似乎正朝着结婚发展，仅此而已。但这并不是我来这里的原因。我是想再次感谢你为我做的一切，并请你帮我最后一个忙。"

"哦？你需要我帮你做什么？"

"嗯，我一直在练习查理尔切牌，你知道……"艾布斯把手伸进他的夹克口袋，拿出一副牌。与此同时，一个闪闪发亮的小东西被他的衣袖带了出来。

斯佩克特飞快地接住了，没让它掉在地上。他摊开手掌，对着灯光看了看。"哎呀。"他说。

"啊！这是保利尼表演接子弹魔术时用过的子弹。他把它送给了我，作为……纪念品。"

"那你必须留着，如果不了解情况，我会说这颗子弹是你的幸运符，艾布斯先生。它陪着你一次次渡过难关。"

"又或者是让我一次次陷入困境……"

"嗯，也可以这么看。要说这个案子让我记住了什么，那就是要保持开放的心态和灵活的视角。你肯定不只是来请教查理尔切牌的吧？当然，我乐意做个示范，不过……"

艾布斯呵呵笑了几声："这么明显吗？"

斯佩克特支起胳膊肘，凑近他："你想问什么？"

"关于保利尼的死。"

"你对官方的解释不满意？"

艾布斯摇了摇头："我就是无法理解。这件事不对劲，日夜不停地困扰着我。我反复思考，就是想不明白。不过我知道，你的分析是错的。"

斯佩克特淡然一笑："为什么这么说？"

"因为我自己打开过那个衣柜，当我在化妆间里醒来，发现手里拿着枪时。我不敢相信我看到的，所以开始在房间里寻找凶手。"

"我猜到你可能打开过衣柜，"斯佩克特说，"但你没有说出来，这是明智的。"斯佩克特注视着年轻人，双手指尖相抵。然后，他以就事论事的语气说："当然，你是对的。凶手不在衣柜里，也根本不在那个房间里，而且肯定不是西德尼·德雷珀。"

"那是谁干的？"

"你猜不到吗？你觉得，我为什么用拙劣的分析糊弄我亲爱的朋友弗林特？"

艾布斯张大了嘴，他终于有了答案。"是玛莎。"

"恐怕是的。她的诡计太好了，好到我可以不揭穿。"

"对不起，"艾布斯说，"我需要一点时间来消化。"

"完全理解。重要的是，你要知道，她从来没打算陷害你。她最初要栽赃的人是安德鲁·摩根，那位记者。"

"但是为什么？"

"其实你早就知道原因了，你只是没有在意。保利尼表演时亲口告诉我们的，在不幸的米克洛斯·瓦尔加出现在台上之前，你自己还参与了那个魔术。"

"接子弹魔术？"

"对。我希望你想想保利尼当时说过什么，而不是他做了什么。你还记得他说的话吗？"

"他谈到一些魔术师，一些在接子弹魔术中不幸死亡的魔术师。"

"对。很没品，我认为。告诉我，你还记得哪些魔术师的名字？"

"嗯，我记得有程连苏，他是里面最有名的一个。还有一位德国女性，什么夫人……德林斯基夫人？"

"对！但他还提到一个名字，夹带着明显的恶意。"

"没错，我想起来了。是某个地方的'黑巫师'，是吗？我知道了！拉塞尔·扎南德拉，就是这个名字！"

斯佩克特点点头，笑着说："我想你会发现，是只有一个 s 的'拉塞尔'。要解开谜团，名字的拼写很重要。'拉塞尔·扎南德拉'是'拉扎勒斯·伦纳德'的变位词。①扎南德拉是玛莎的哥哥使用过的艺名，他显然喜欢玩字谜。"

艾布斯皱眉道："不对啊，保利尼不是说那个人死在南达科他州的戴德伍德镇吗？似乎是被不忠的妻子开枪打死的？那他不可能是玛莎的哥哥。"

"你说得对，他确实不是。拉塞尔·扎南德拉，本名拉扎勒斯·伦纳德，死于英格兰，是接子弹魔术的受害者。他肯定不是保利尼口中那个骗子或外行。事实恰恰相反：保利尼才是骗子，他偷走了天才的魔术！想象一下，伦纳德的妹妹就在台上，他竟然厚颜无耻地说出那番话！想想保利尼的性格，他一有机会就幸灾乐祸。玛莎别无选择，只能默默站在一旁。她杀了他，这并不奇怪，不是吗？"

艾布斯沉默了一会儿，说："但'西方黑巫师'这个称号从何而来？"

"确实有个家伙用过这个名号，他是个美国人，作为魔术师的名气没有传到英国。相反，他的名声——就像 M.R.詹姆斯②说的那样——是对好奇者的一种警告。他本名叫 H.T.萨特尔，是个失败的魔术师，也是个失败的丈夫。事实上，保利尼的原话是'比如拉塞尔·扎南德拉或"西方黑巫师"——一个蛇油推销员，在南达科他州戴德伍德镇，他被阴险的妻子当着观众的面开枪打死了'，

---

① 把 Rusell Zanandra 的字母重新排列，得到 Lazarus Lennard。
② Montague Rhodes Jame，英国著名中世纪研究者、作家，以写鬼怪故事闻名。——译者注

因为他的暗示，完全不同的两个人被当成了一个人。不管保利尼是否跟扎南德拉的死有关，他都抹黑了那个可怜人的名誉。这足以让玛莎对他产生深深的怨恨。只有保利尼从世上消失了，她的怨恨才能得到缓解。"

"既然她已经打算要杀了他，那她为什么还要写那本《操纵大师》?"

斯佩克特耸耸肩："又一个双重诡计。她知道不管怎么隐藏，她的作者身份最终还是会暴露。毕竟，保利尼非常清楚这些魔术是谁设计的，以及谁有能力揭穿它们。嫌疑人的范围是可以锁定的，尽管石榴剧院的幕后人员都在其中。万一她被当成嫌疑人，调查人员一定会提出你刚才的问题。在保利尼被杀之前，她就已经想办法结束了他的职业生涯，这个事实似乎可以排除她的嫌疑。她的复仇是双重的：先公开魔术的奥秘，享受保利尼的无能为力，然后再给他致命一击。"

老魔术师身体向前倾，仿佛要密谋什么，瘦削的脸在昏黄的烛光下看起来非常邪恶。"听好了，小埃德蒙，这是我第一次也是最后一次还原这件事的真相。

"玛莎的计划在保利尼环球巡演期间就已形成，但必须等他们回到英国后才能实施。对她而言，幸运的是，保利尼几乎已经亲自设计好一切。你还记得吗，他提到在海外购买英国报纸的事情? 就是那些报纸让他知道迪恩案的。他很感兴趣，在环球巡演的最后几周里，几乎沉迷于那起谋杀案。他的心思全被多米尼克·迪恩的死占据了。这一点，再加上他对福尔摩斯系列侦探小说的喜爱，使他想到了多米尼克·迪恩谋杀案的另一种解释。这正是他打算宣布的。

"好在他留下了足够的蛛丝马迹，让我可以找到计划的源头——柯南·道尔创作的《雷神桥之谜》。

"在这个故事中，一个女人在雷神桥上中枪身亡，怎么看都是一起冷血的谋杀。但事实上，女人利用了某种装置，在开枪后让凶器消失在水里。她的诡计是将自杀伪造成谋杀，以此陷害一个无辜的人。

"就是这个故事给了保利尼灵感。他发现雷神桥上的女人和摩天轮里的男人有相似之处。简而言之，他认为多米尼克·迪恩为了陷害他的妻子，开枪自杀了。

"当然，你和我都知道，这个推论有多不合理。尤其是朝腹部开枪，这是一种特别痛苦的死法，是一个男人不太可能让自己经历的。但我们信不信不重要，重要的是保利尼很自信。他真的认为他发现了不可能犯罪的真相。他要证明多米尼克·迪恩是自杀的，为了陷害他的妻子。但他的自负不允许他把想法藏在心里，他告诉了玛莎。当然了，她可能是唯一一个愿意听的人。就在那时，她的计划也慢慢形成了——利用保利尼的假谋杀，实现自己的真谋杀。"

艾布斯感到晕头转向："那是谁把我打昏的？"

"保利尼。"

"为什么？这说不通啊。"

"考虑到保利尼的性格就说得通了。这个男人的事业即将终结，他想制造一个大新闻，为此不顾一切，不管事后人们怎么评价他。别忘了，按照他的预期，安德鲁·摩根会来剧院，他希望自己的名字再次登上头版头条。可以肯定地说，之后的密室之谜就是他那晚邀请摩根的原因。

"保利尼再不济也是一个擅长表演的人。在他的计划中，我们会在听到枪声后立马赶往现场，我们会冲进化妆间，我们会发现他的尸体。实际情况和他的计划大致一样。

"然而，与实际情况明显不同的是，在计划中，他是装死。他设计了一个密室之谜，他自己假扮受害者，而你，艾布斯先生，你会扮演凶手——临时替代摩根先生。他在转移你注意力的同时把你打昏。他计划装死，当你醒来时，你会发现自己陷入了卡拉·迪恩的处境：别人眼中的凶手。他会等到警察闯进来，然后像拉撒路一样，奇迹般地复活。他会兴高采烈地说明他如何愚弄了所有人。当然，事实并不是这样的。"

"所以说，他计划利用密室之谜来宣传自己？"

"是的。不过计划的进展不如他预想的顺利。首先，他的表演因突发事件中止，导致他邀请来的记者安德鲁·摩根匆匆离场。而事实证明，艾布斯先生，你作为候补演员很合适。所以保利尼决定，无论如何都要继续执行他的计划。也许是玛莎催促他这样做的——毕竟，在石榴剧院以外的任何地方，她自己的计划都行不通，她不想失去这个机会。她进不去保利尼的化妆间，但你很快就会明白，她其实并不需要进去。"

"怎么会？"

斯佩克特淡然一笑："接下来要说的这个诡计，艾布斯，我想你会喜欢。首先要知道，为了计划的成功，她必须从自己的化妆间进入隔壁无人使用的化妆间。连接两个化妆间的门上了锁，一把撬不开的丘伯锁。但在这个诡计中，连接门的开关只是一个小问题。丘伯锁完好无损。事实上，就是因为过于完好，我才把注意力转移到铰链上。门和门框由三个铰链连接，每个铰链的结构都由一个金属销钉固定。只需要用一点蛮力，就能在几分钟之内拆除三个销钉。这件事做起来不仅快，最重要的是安静。我见过别人用一把羊角锤拆铰链，只需要把锤子的角状部位卡进销钉的头部，然后轻轻向上和向外用力。这个过程可能伴有金属的刮擦声，但不会太响或刺耳。也就是说，就算走廊里有人路过也不会引起注意。当然，也不会留下明显的损坏痕迹。

"铰链被拆掉，门和门框便轻松分离，门锁则不会受到影响。玛莎完成计划之后，只需要回到自己的化妆间，把销钉放回铰链里，再用锤子加固。我们检查那扇门时，注意力只集中在锁上，而实际上，不管你的目的和意图是什么，都可以在不开锁情况下把门打开。"

"嗯，"艾布斯说，"她就这样进了中间的化妆间。可我还是不明白她是用什么方法杀的保利尼，并且把现场布置成那样。"

"哦，"斯佩克特说，"你会明白的。接下来便是诡计的第二部分：石榴剧院的老板本杰明·提索尔是个老色鬼和偷窥狂。对于歌舞团的姑娘们来说，他是个恶魔。我为什么说这个呢？事实上，保利尼的化妆间是这座大楼里最大的，曾经的使用者是八个合唱团女孩。众所周知，提索尔有偷窥癖。我认为他极有可能在化妆间的墙上凿一个小洞——大化妆间隔壁的房间长期无人使用。换句话说，他在两个化妆间之间的墙上凿了一个洞。"

"但是那面墙上没有洞。"

斯佩克特笑着说："有，有一个弹孔。"

"但那不是子弹穿过保利尼的脑袋之后留下的吗？"

"这是先入之见，"斯佩克特说，"虽然没有任何证据表明窥视孔的存在，但我们可以假设空房间和保利尼的化妆间之间有一个窥视孔，而且玛莎知道，也许是过去和保利尼在石榴剧院表演时偶然发现的。她通过窥视孔监视保利尼，直到他把你打昏。接下来她要做的就是引起他的注意，比如轻轻敲击墙面，或者小声喊他的名字。她把他引到近处，甚至可能促使他把耳朵贴在墙上听声音。然后她对准窥视孔开了一枪，近距离射中保利尼，一枪毙命。"

艾布斯听得入神，却仍然忍不住问道："等一下，你的意思是说子弹穿过墙上的洞射中了保利尼，而不是穿透保利尼的脑袋射中了墙壁？"

"正是。化妆间的墙壁是深红色的，所以卡拉不必担心被喷溅血迹暴露手法。此外，我们又一次被先入之见所误导。由于左边墙上有一个明显的弹孔，我们便主要关注弹孔所在的半个房间。如果我们花时间检查对面的墙壁，很可能会发现血迹，从而颠覆我们的看法。"

"那怎么解释尸体的位置？枪是怎么进房间的？又是怎么粘到我手上的？"

"都是好问题，却也很好回答。我可以说，这一切——我是指从保利尼被射杀到我们进入房间之间发生的所有事——都可以在3分钟以内完成。别忘了，我们可是花了5分钟才进入命案发生的房间，我说的没错吧？

"玛莎回到她自己的化妆间，把中间的门恢复原状，制造了从那里无法通行的假象。然后她打开窗户，通过铁栅栏的空隙把枪递给……谁？内德。盲目服从玛莎的内德一定事先练习过，因为他表现得很好。顺便说一下，这才是他那天晚上出现在石榴剧院的真正原因，与图米无关——那只是好用的借口。讽刺的是，如果他那晚没有来剧院，他就不会被西德尼·德雷珀派去割断那根改变命运的绳子。他在玛莎的完美犯罪中扮演共犯，却无意中破坏了他叔叔的完美犯罪。

"回到正题，内德沿着小巷走到保利尼的窗户外面。每个人都被告知过那扇窗户因为生锈无法打开，还记得吧？可实际上，是在罪案发生之后才有人试着开窗。很明显，窗户一度是被锈死的状态，所以温切斯特无法临时把它撬开，时间不够。但他很有可能提前打开了那扇窗户，可能用了一根撬棍和一些油。这是非常重要的准备工作。也许他是在保利尼表演时做的这件事，也许是在他叔叔掐死米克洛斯·瓦尔加的时候。他可以从窗口接触保利尼化妆间的内部，这一点至关重要，尽管因为栏杆的阻挡，他不能整个人潜入房间。

"当他在窗外往房间里看时，他看到你不省人事，保利尼也已经死了。他需要在很短的时间内完成三件事。首先，把保利尼的尸体翻个面，造成子弹先射中保利尼后穿墙而出的假象。第二，把凶器粘在你失去知觉的手上。第三，把窗户封死，造成无法开窗的假象。

"我想他一定在巷子里藏了一根曲柄杖，就是那种出现在喜剧小品里的手杖，剧院后台就存放着一根。毕竟，我们从他叔叔那里得知，内德打小就擅长玩钩鸭子游戏，只不过那天晚上的游戏形式更加恐怖。我猜他用手杖的曲柄钩住了保利尼的手臂，再用一身蛮力让尸体翻了个身，变成肚子朝下的姿势。第一步，完成。接下来是把武器粘在你的手上，这个任务更复杂。从许多方面来说，这一步是犯罪过程中最费时的，但确实值得做。事实证明，每个人都被这一招迷惑了，包括我。你看，这个反常的做法并不是要让我们相信你是凶手。就像迪恩案一样，你被塑造成一个完美的替罪羊，由于你的嫌疑过于明显，反而没有人相信你有罪。当然，与卡拉·迪恩不同，你真的是无辜的。把凶器粘在你的手上，这个做法实际上暗含一个巧思，那就是让人形成凶手只能在化妆间内作案的想法。事实证明，尽管所有证据都指向相反的结论，却没有一个人认可凶手不在屋内的观点。

"那么他是怎么做到的？你或许已经想到了。他用手杖的曲柄钩住你的手腕，把你像布偶一样拖到窗边。你提到手臂疼痛，弗林特草率地归因于开枪时产生的后坐力。事实上，我认为那是内德·温切斯特的拖拽造成的。他从窗口把手伸进去，用他带来的胶水把左轮手枪粘在你的手上，然后让你跌回地上，就那样躺在死者旁边。

"最后一步，密封窗户。因为有胶水，这件事情办起来很容易。他只需要在下方的窗框上涂一层薄薄的胶水，然后关上窗户。我们进房间后，过了一段时间才去检查窗户，那时候胶水早就干了，窗户已经被封死。

"不过，化妆间里缺了两样东西。若非如此，我也许永远无法看穿这场高明的谋杀。第一样东西是胶水。内德应该把那罐胶水丢进房间，而不是带走。如果他那样做了，我想我就无法推翻凶手是在化妆间里行凶的想法。因为没有胶水，所以我开始思考其他可能性。

"另一样东西是水。此前，保利尼在水龙头那里接了一杯水。然而，谋杀案发生后，我接一滴水都很困难。我后来找到了原因。我发现贴着右边墙壁的那段波纹水管上有一个很大的凹痕。痕迹是新的，很可能是子弹撞击造成的。你明白了吗？右墙的水管上有弹痕，这意味着子弹射出的角度与我们之前的推测相反。子弹显然从管道上弹开，嵌入了天花板，根本没有飞出房间。正是这个发现，让我一步步找出了真相。"

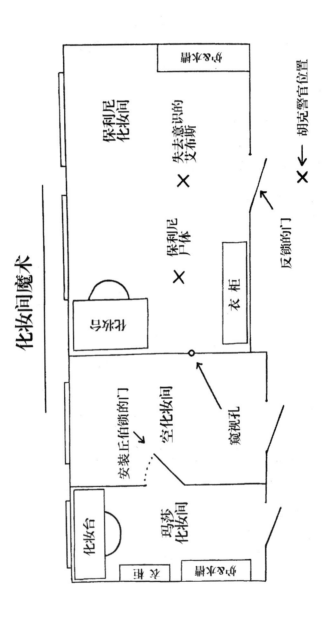

"我还有最后一个问题。"艾布斯说。

"请问。"

"你为什么要保护她？你为什么告诉苏格兰场，德雷珀是杀死保利尼的凶手？"

斯佩克特耸了耸肩："也许是因为我一直不太喜欢保利尼，也许是因为我真心喜欢玛莎，也许是因为我不希望一个绝妙的诡计被揭穿——魔术师的灵魂不允许我这样做。事实上，如果保利尼是那个晚上唯一的死者，我很可能完全不参与调查。

"不管怎样，我知道德雷珀的否认在法庭上站不住脚。他甚至不会否认。他可能宁愿当一个臭名昭著的杀人犯。毕竟，一个人只能被绞死一次。现实情况是，他不会受到审判，他死了，自杀。所以官方记录将是他杀死了米克洛斯·瓦尔加和保罗·扎布斯，也就是保利尼教授。"

"我明白了……"

艾布斯没明白，年轻的律师显然没有被说服。"等你像我一样老了，"斯佩克特说，"你会意识到，有时候真相比一个实用的谎言更令人痛苦。有什么害处呢？你知道，她不是一个坏人。德雷珀也不是真正的坏人。绝望是他们的共同点，他们渴望逃离困境。不过，德雷珀犯罪的根本原因是贪婪，而玛莎犯罪的原因是爱。她对哥哥的爱，和想还他一个公道的心情。我想她会成为一位好妻子。当然，前提是你继续讨她欢心。"

艾布斯看着老人，斯佩克特那双浅蓝色的眼睛闪烁着光芒。

致 谢

这本书是对侦探小说黄金时代的致敬。如果没有二十世纪上半叶那么多作家写出的那么多精彩作品，这本书是无法诞生的。我要感谢那些为侦探小说黄金时代做出贡献的人——尤其是约翰·迪克森·卡尔、阿加莎·克里斯蒂、埃勒里·奎因、克里斯蒂安娜·布兰德、克莱顿·劳森和黑克·塔伯特。

我要向加布里勒·克雷岑兹、迈克尔·达哈尔、娜·特蕾萨·佩雷拉、罗伯·里弗和丹·拿波利塔诺表示感谢。他们不仅都读过《谋杀之轮》的初稿，还一直鼓励我，使我保有坚持创作的热情。

还要感谢马丁·爱德华兹、杰夫·马克斯、道格拉斯·格林、吉吉·潘迪恩和莱尼·皮克，他们是复古风格和密室的捍卫者。

我非常感谢那些不遗余力地推荐《死亡与魔术师》的同行和评论家，他们使这本书被更多读者看到。特别要感谢最先向读者推荐此书的约翰·康诺利、查尔斯·托德和丹尼尔·斯塔西尔。

感谢神秘出版社的奥托·彭茨勒和查尔斯·佩里对斯佩克特系列小说的大力支持，以及他们将黄金时代的探案小说带给新一代读者的努力。

感谢迈克尔·普理查德、米兰·古隆、艾米·露易丝·史密斯和乔治亚·罗宾逊，感谢他们在《谋杀之轮》创作过程中对我的帮助和支持。

　　最后，感谢广大读者和博客作者们，他们接受了斯佩克特的故事，我们进行了许多次热烈的讨论。最后向未来越来越多能读到斯佩克特系列故事的读者致敬！

图书在版编目(CIP)数据

谋杀之轮 / (英)汤姆·米德著；苏米梦译.
上海：上海文化出版社，2024. 11. --（大魔术师系列
）. -- ISBN 978-7-5535-3090-1

Ⅰ. I561.45
中国国家版本馆 CIP 数据核字第 20246V5W73 号

图字：09 - 2024 - 0309 号

出　版　人：姜逸青
责任编辑：王皎娇　葛秋菊
封面设计：张擎天

书　　名：谋杀之轮
著　　者：[英]汤姆·米德
译　　者：苏米梦
出　　版：上海世纪出版集团　上海文化出版社
地　　址：上海市闵行区号景路 159 弄 A 座 3 楼　201101
发　　行：上海文艺出版社发行中心
　　　　　上海市闵行区号景路 159 弄 A 座 2 楼　201101　www.ewen.co
印　　刷：上海盛通时代印刷有限公司
开　　本：889×1194　1/32
印　　张：7.625
版　　次：2025 年 1 月第 1 版　2025 年 1 月第 1 次印刷
书　　号：ISBN 978 - 7 - 5535 - 3090 - 1/I.1190
定　　价：49.00 元
告 读 者：如发现本书有印装质量问题请联系印刷厂质量科　T：021 - 37910000